2
くろねこどらごん
イラスト ものと
幼馴染たちが
人気アイドルになった
甘々な彼女たちは俺に貢いでくれている

「皆のこと楽しませるから、しっかり聞いていきなさいよ！」
月《つき》城《しろ》アリサ

幼馴染たちが人気アイドルになった 2

~甘々な彼女たちは俺に貢いでくれている~

くろねこどらごん

OVERLAP

目　次

イラスト　ものと

プロローグ　クズがクズに出会った日

働きたくない。

それはボクが小さい頃から、ずっと抱いている想《おも》いだった。

きっかけは覚えてない。ただ単純に、働きたくないって考えだけが、ボクの中にあったんだ。でもそれは、決して珍しいことじゃないと思う。

だってさ。誰だって、夏休みがずっと続けばいいって思うよね？

遊んだり寝たり、いつまでも好きなことをしていたいって、絶対皆思うじゃん。最終日に宿題を必死にやったり、休みが終わることに憂鬱になって、ため息をつくなんてしたくないって思ったことも、絶対あるはずだよ。

少なくともボクはそうだった。

めんどくさいこと、やりたくないことは、ぜーんぶ後回しにして、楽しく生きていきたいって、昔からボクは思ってたんだ。

……………でも、すぐに分かっちゃった。

そんなこと、絶対に無理なんだって。

ボクの家は、大きくも小さくもないごく普通の家だった。

クリスマスの時のプレゼントは多少奮発してくれたり、一年に何回か家族旅行に行けるくらいの余裕はあるけど、別に特別裕福ってわけでもない。

ボクがあれが欲しい、これが欲しいってワガママを言っても、それが高いものだと両親は買ってくれなかった。

困った顔をしながら、ウチじゃ買ってあげることは出来ないの、ごめんねって謝られて、ボクの家は、ボクのワガママを聞いてくれるほどお金持ちじゃないんだって分かってしまった。

一般的な良識を持ったごく普通の両親は、毎日当然のように働いていたけど、それでもお金がたくさんあるわけじゃなかったんだ。

あんなに遅くまで働いてるのに、お金が貰《もら》えるわけじゃない。

だけど、働かないと、人は生きていけないんだ。

そんな自分ではどうしようもない現実を、幼かったボクは知ってしまった。

そのことに気付いてから、そのうちボクはワガママを言わなくなった。

言ってもどうしようもないんだって分かったから。

そういう意味では、ボクは周りの子より、ほんの少しだけ早く大人になったんだと思う。

大人というより、諦めたって言ったほうがいいのかな。

働かないで生きていきたい。

そんなささやかな望みが永遠に、叶《かな》うことはないって分かった時のボクの気持ち、皆には分かる？

分かってもらえなくてもいい。ただ、ボクはなにもかもが嫌になった。

働きたくないのに働かないといけないって知って、ボクは自分の人生に、ただ絶望していったんだ。

そうして全てを諦めたボクは、気付けば人に合わせるようになっていた。

ワガママが通じないなら、周りに合わせていった方が楽だったからだ。

小学生だった当時、ボクの所属していたグループは、所謂《いわゆる》リア充のそれで、毎日ファッションやコーディネート、テレビに出る有名人やネットの話題について語り合い、会話に花を咲かせてた。

中でも特に盛り上がったのは恋バナだ。

リーダー格の子がその手の話が好きだったこと、さらに噂《うわさ》好きの友人たちがどこからか話を嗅ぎつけて、他のクラスの誰がどの子と付き合っているかって話を、いつも面白おかしく盛り立てるものだから、いつの間にか一番の話のタネになっていったのだ。

年上の男の人と付き合っている子がいる。しかも大学生！　なーんて話を誰かがしたものなら、いつも皆で大盛り上がり。

大人ぶりたい子が多かったからか、年上の男の人と付き合うイコール、自分も大人って考えがあったんだろうね。

同級生は子供、なんて馬鹿にする子も多かったけど、ボクはいつも適当に相づちを打つだけだった。

まぁそれはさておき、それでも同級生の中で付き合うとしたら誰がいいかって話になると、必ず話題に上る男子はいた。

その子は葛原和真《くずはらかずま》くんっていう、いつも明るくて元気な人気者。

勉強も出来るし、運動神経だって悪くない男の子だった。

グループのリーダーだった子も、葛原くんをいつも目で追ってたし、きっと好きだったんだと思う。

でも、葛原くんの周りにはいつもふたりの女の子がいて、彼に好意を持っている子でも、中々近づくことが出来なかった。

その子たちが普通の子だったらまた違ったんだろうけど、残念ながらふたりともすごく可愛《かわい》い容姿をした美少女で、気後れしちゃったんだと思う。

いつか三人でテレビに出るような芸能人になるんじゃないかって噂にもなったっけなぁ。

それは見事に当たってたけど、ボクはというと、あまり葛原くんに興味はなかった。

というか、付き合うこと自体に興味がないって言ったほうが正しいかな。

だって、誰かと付き合うとしたらお金がかかるじゃん？

当時貯金を趣味にしていたボクにとって、友人たちと遊ぶことによる散財は、密《ひそ》かに頭が痛くなる悩みのひとつだったのだ。

だから付き合ったりしたらますますお金が飛んでいっちゃう。

それは嫌だ。将来のために、少しでもお金を貯《た》めておかないといけないって考えが、ボクの中にはあったんだ。

働きたくないけど、働かないといけないなら、少しでも働く時間を減らしたい。

所謂、将来に向けての貯蓄だ。誰かに頼るって考えは、頭になかった。

だって、働かずにお金を貰って生きていこうなんて、それはクズの考えだもん。

お父さんやお母さんは、あんなに仕事を頑張って、ボクのことを育ててくれてるんだ。

それは、ボクが普通に社会に出て、普通に生きていけるようにするためなんだ。

その気持ちを裏切るのは、きっとすごく悪いことなんだ。

そう自分に言い聞かせた。

だから、授業参観の日に、将来の夢について両親やクラスメイトの前で発表する課題を渡されても、ボクはちゃんと自分を誤魔化して、皆と同じような内容を書いて、皆の前で発表した。

「ボクの将来の夢は、ケーキ屋さんになることです。いつもお仕事を頑張ってくれてるお母さんに、美味《おい》しいケーキを食べさせてあげて、笑顔にしてあげたいと思ってます」

言い終えると、教室のあちこちからパラパラと小さな拍手が送られてきた。

席に座って後ろを見ると、お母さんも嬉《うれ》しそうに手を振ってくれた。

……………うん。やっぱりこれでいいんだ。

ボクは間違ってない。

ネットで調べて、ケーキ屋さんはすごく大変そうだって知っても。

残業が多くて、休みも中々取れないって分かっても。

そうでない職業だって、どれも遊んで暮らせるわけじゃないって絶望しても。

ボクの本当の夢が、〝働かないで生きていきたい〟だとしても。

それを表に出しちゃいけないんだ。

だって、こんな考えは間違ってるんだから。

気持ちに蓋をして、皆に合わせて生きていけば、いつかきっとボクは普通になれるはずだから。

「じゃあ次は……葛原和真くん。お願いします」

「はい」

自分に言い聞かせていると、次の人の名前が呼ばれた。

葛原和真くん、か。

きっとあの子も、ちゃんとした将来の夢を言うんだろう。

皆みたいに、サッカー選手とか警察官になりたいとか、そんな『普通』の夢をちゃんと持っているはず。

なんにせよ、皆から拍手されるのは間違いない。

働きたくないなんて、クズなことを考えるのは、ボクだけだ。

(ボクは、ダメなやつだな……)

自分が自分で嫌になる。

将来の夢もない。お金が欲しい。ずっと遊んで暮らしたいよ。

こんなクズな本音を、ボクは隠し続けられるんだろうか。

まともに生きていくことが、出来るのかな。

この広い教室の中で、ボクは一人ぼっちだった。

だけど──。

「俺の将来の夢は、働かないで遊んで暮らすことです」

聞こえてきた言葉に、ボクは一瞬自分の耳を疑った。

「俺は働くのが嫌です。絶対働くつもりはありません。一生働くつもりはないです。でもお金は欲しいし、遊んで暮らしたいので、その分雪菜《せつな》とアリサに頑張って働いてもらうつもりです」

教室がざわめいた。

保護者の人たちの動揺が伝わってくる。

教壇に立っている先生も、口をパクパクさせている。

誰も彼もが、たったひとりの男の子に注目し、目を離せなかった。

「たくさんお金はあったほうがいいので、もし俺を養ってもいいって人がいたら、どうかこの後俺のところまで来てください。俺からはなにもするつもりはないけど、養ってくれたらとにかく嬉しくなるのでそれが報酬です。お金は一切返却するつもりはないので、そこはご了承ください」

皆が戸惑っているのに、その声はどこまでも堂々としていて、そして自信に満ち溢《あふ》れていた。

――ああ、そっか。

この人は、自分が正しいと思って、疑ってないんだ。

心から、働かないって思ってるんだ。

気付けばボクの身体《からだ》は震えていた。目からは涙も流れてくる。

これは感動？　それとも……。

よく分からない。それでも、ボクは後ろを振り向いた。

そして、ボクは――運命に、出会ったんだ。

「とにかく働かないで生きていくことが俺の夢です。それが俺にとって、一番の幸せだって、信じてます」

そう言い切った彼の顔は、とても満足そうで――とても優しい顔をしていた。

「ぁ………」

そうか。

そうなんだ。

自信を持って、いいんだ。

だって、こんな綺麗《きれい》な表情で、言い切れる人がいるんだから。

なら。

ボクは、ボクも……。

「働きたく、ない……」

これまで一度も口に出来なかった本音。

それを言えた日。ボクは救われた。
そして、改めて思った。
絶対に、働かないって。
働きたくない。絶対ボクは働かない。
この気持ちに、ボクは嘘《うそ》をつきたくない。
「絶対に、働かずに遊んで生きるんだ……！」
ボク、夏純《かすみ》紫苑《しおん》は生まれ変わった。
同時に、決して曲げたくない夢を、ボクは彼から分けてもらったんだ。

第1話　クズ人間と新たな出会い

「いやぁっ！　助けてぇっ！」

深夜の街に、甲高い叫びが木霊《こだま》する。

絶望に満ちたその声には、確かな恐怖が感じられる。

「誰かっ！　誰かぁっ！」

ただひたすら助けを求めるも、誰も来ない。

ずっと駆け回っているはずなのに、人影すら見かけなかった。

視界に映るのは黒く染まったビル群。耳に入るのは自分の喉から発せられる叫び声と、断続的にアスファルトを叩《たた》く靴音だけ。

コツン、コツン。

――――いや、違う。

本当は、さっきから聞こえていた音が他にもあった。

それは足音だ。自分を追いかけてくるふたつの足音が、最初からずっと聞こえていた。

本来なら雑踏にかき消されるはずのその音が、今はハッキリと耳に届いている。

こんなにも走っているのに、逃げているのに。

足音が離れていかない。いや、むしろドンドン近づいてきている気がする。

もっと、もっと遠くに逃げないと。急がないと。

気持ちが逸《はや》り、足がもつれる。

「あ……！」

気付いた時には遅かった。

あっという間に転倒し、身体が地面に崩れ落ちる。

すぐに立ち上がろうとしたのだが、

「やっと追い付いた」

ゾクリとする声が、頭の上から降ってきた。

「もう、逃げちゃダメだよ」

「全く、往生際が悪いんだから」

「あ、あああ………」

身体が震える。追い付かれてしまった。

もう逃げられないのだという確信が、心の中に生まれている。

「さぁ、行こうカズくん♪」

「アンタは一生、アタシたちだけのモノなんだから」

怯《おび》える自分に、そのふたりは細く白い手を伸ばしてきて……。

「『これからずっと、監禁してあげるからね！』」

そんな、とんでもないことを言い放った。

「い、いやだ……いやだぁっ……」

「ワガママ言わないの、カズくん」

「一生養ってあげるんだから、これくらい当然でしょ」

ひとりは満面の笑みを浮かべ、もうひとりはツンとした表情をしながらそんなことを言ってくる。

どちらも絶世とも言える美少女だが、監禁なんてそんなの、受け入れられるわけがない。

「諦めなよ、カズくん」

「大丈夫、痛くなんてしないから」

諦めたくないし、全く大丈夫なんかじゃない。

「嫌だ、俺は自由がいい。一生遊んで暮らすんだ！」

監禁なんてバッドエンド、俺は絶対認めない。

たとえ無駄だと分かっていても、俺は監禁に抵抗するべく、あらん限りの声を張り上げ――。

◇◇◇

「監禁なんて絶対に嫌だあああああ!!」

ガバリ。

俺は絶叫とともに、ベッドから勢いよく跳ね起きた。

「…………あれ?」

しばしの間、俺はなにが起きたのか分からなかった。

さっきまでは路上にいたはずなのに、今いる場所はどこかの室内。

さらに言えば部屋には光が差し込んでおり、夜ですらない。

なにが起こったか分からず困惑し、思わず辺りを見回すも、眼《め》に映るのは机やパソコン、床に積まれた漫画といった、見覚えのあるものばかり。

何故《なぜ》だろうと首をひねるも、すぐに答えは出た。

ここが自分の部屋だから。それ以外に考えられない。

「ということは、さっきまでのことは夢だったってことだよな」

よ、良かったぁ。助かったぁ。

いくら夢の中の出来事とはいえ、監禁されるなんて受け入れられるはずがない。

「といっても、このままだとあれが正夢になる可能性があるんだよなぁ……」

俺こと葛原和真《くずはらかずま》は、私立鳴上《なるかみ》高校に通う、どこにでもいるごく普通の高校生男子のひとりだった。

敢《あ》えて他人と違う点を挙げるとすれば、両親が海外に出張中のため、現在我が家で一人暮らしであることと、将来働きたくない夢を抱いていること。

そしてその夢を実現させてくれると約束してくれた、幼馴染《おさなじみ》たちがいることだろうか。

小鳥遊《たかなし》雪菜《せつな》と月城《つきしろ》アリサ。

それが俺の幼馴染たちの名前。

同時に、現在人気沸騰中のアイドルグループ『ディメンション・スターズ！』、通称『ダメンズ』のメンバーの名前でもあった。

どちらも優れた容姿の持ち主であり、アイドルとしてファンを魅了するスペックと性格を有した、俺にとって自慢の幼馴染だった。

そう、だった、だ。

何故過去形なのか。それはつい最近起きたとある出来事がきっかけで、ふたりが突然ヤンデレへとジョブチェンジし、俺を監禁したいと言い出したからである。

それまでは俺に厳しい時もあるけど、基本優しくて、お小遣いを貢いでくれるような理想的といえる関係を築いていただけに、本気でビビったものである。

なんとかその場は凌《しの》ぐことに成功したが、夏休みには幼馴染たちが我が家に居候するという約束を半ば強引に迫られ、俺はそれを承認してしまった。

今はゴールデンウィーク中であり、夏休みまでの束の間《つかま》のひと時を、戦々恐々としながら過ごしているのが現状だった。

とはいえ、俺だって手をこまねいているわけじゃない。

枕元に置いていたスマホに手を伸ばし、連絡帳を確認する。

そこには先日新たに連絡先を交換した相手である、立花瑠璃《たちばなるり》の名前が、ハッキリと表示されていた。

「良かった、こっちはさすがに夢じゃなかったかぁ」

安堵《あんど》のあまり、盛大なため息をついてしまったのも、仕方ないと言えるだろう。

なにせその瑠璃こそ、雪菜たちと同じ『ディメンション・スターズ！』に所属するアイドルのひとりなのだ。

グループメンバーとして関わりが深い彼女は、雪菜たちと会話する機会もきっと多い。

瑠璃がなんらかのきっかけを作ってくれることで、雪菜たちが監禁を思いとどまってくれるとしたら、俺にとってこれほど嬉《うれ》しいことはないのだが……。

(問題は、俺が瑠璃のことをあまりよく知らないってことなんだよな)

正確には全く知らないというわけじゃない。

俺は結成当初から『ディメンション・スターズ！』を応援してきた最古参のファンだ。

だから瑠璃のプロフィール等は勿論《もちろん》把握している。

だけど、それはあくまで表向きの、アイドルとしてのプロフィールだ。

アイドルではない立花瑠璃という女の子について、俺は何も知らない。

一応既にこちらの事情は説明済みで、協力自体は取り付けているのだが、それだけで安心出来るほど俺は楽観的じゃあない。

瑠璃には本気で監禁を阻止してもらうべく動いてもらう必要がある。

そのために俺がすべきこと、出来ることはなにか。考えを巡らす必要があるだろう。

今後について真剣に計画を立てようとした、その時だった。

「ん？」

手に持っていたスマホが、突然鳴り出したのだ。

どうやら誰かから電話が来たらしい。

思考を一時中断し、画面を覗《のぞ》いてみたのだが――。

「なん、だと……」

思わず息を呑《の》む。

そこにはハッキリと、「小鳥遊雪菜」の名前が表示されていたのだった。

◇◇◇

プルルル、プルルル。

「と、とりあえず電話にでないと……」

何度も続く着信音に、俺はすぐに我に返った。

さっきまでの夢の光景が脳内にフラッシュバックしてしまい、一瞬固まったが、今も着信音は鳴り続けているのだ。

でないよりも、放置するほうがずっとまずい。

「も、もしもし……」

『やっとでた。遅いよーカズくん』

おそるおそる電話にでると、案の定雪菜の声が聞こえてくる。

その声は明るく、怒っている感じはしない。

俺に甘くて優しい、いつもの雪菜だった。

「わ、悪い。今起きたとこなんだ」

『あ、やっぱり。カズくんは寝ぼすけさんだもんね。もしかして昨日夜更かししてたの？』

「あー、うん。ちょっとゲームやっててな。あとブログの更新もしてたり、ちょっと忙しかったのもあるし」

『あはは。相変わらずだね。カズくんらしくて私は好きだけど、アリサちゃんが聞いたらきっと怒るから気を付けたほういいかもだよ。レッスン中もカズくんのことずっと心配してたし、まるでお母さんみたいだったんだから』

「あー、マジか。アリサも相変わらず心配性だな。そう言われると弱いし、気を付けるよ、うん。忠告どうもありがとな」

『どう致しまして♪』

明るい雪菜の声を聞いて、俺は密《ひそ》かに胸をなで下ろす。

良かった、ここまでは普通だ。

ヤンデレ化しそうな気配は今のところ感じられない。

機嫌も悪くなさそうだし、このまま話し終えることができれば……そう願わずにはいられなかった。

「そういえば、雪菜は今何してるんだ？」

『私？　私は今、ちょっと衣装合わせをしてたんだ』

「へぇ、じゃあ仕事中か」

『うん。ちなみにまだ下着だったりして。アリサちゃんもそうなんだけど、カズくん見たい？　なんなら写真を撮って送ってあげても……』

そこまで雪菜が話した時、電話の向こうから大声で「雪菜っ！」と怒鳴る声が聞こえる。

『どうしたのアリサちゃん？　あ、電話代わる？』

『そうじゃないわよっ！　下着撮るとかやめてよねっ！　そういうのはまだ早いからっ！

もっと心の準備が出来てからで……』

『あはは。アリサちゃんって、可愛《かわい》いところあるよね。そういうところ、私好きだよ』

『ちょっ、抱きついてこないでよっ！　近いじゃないっ！』

……どうやら雪菜が言ったことは本当で、アリサが一緒にいるのも確からしい。

それはそれとして、あまり下着ではしゃいでるところを垂れ流されても非常に困まる。

「あのー、俺電話切っていい？」

『あっ、まだダメ！　ごめんねアリサちゃん。もうちょっと待ってて』

『アタシは最初からそのつもりだってば……もう』

未《いま》だ不満を漏らすアリサの声が遠ざかっていくのを感じながら、俺は雪菜の言葉を待った。

「それで？　話にまだ続きあるのか？」

『うん。時間があるからゆっくりするのは仕方ないけど、出来れば早く来てくれると嬉しいなって伝えたかったんだ。アリサちゃんも待ってるよ』

「え？」

『衣装合わせももう終わったし、お昼にちょっと自由時間もらえたの。カズくんとちょっとお話ししたかったから』

「えっと……」

『実は私、少し不安なの。いつもみたいに出来るか分からなくて……カズくんから、勇気を貰《もら》えたらって。ダメかな？』

珍しく不安そうな様子を見せる雪菜だったが、ちょっと理解が追いつかない。

早く来て欲しい？

どこにだ？

不安ってなにが？

疑問が頭に浮かんでしまい、自然と言葉に詰まってしまう。

そんな俺の困惑を、付き合いの長い幼馴染は電話越しに読み取ったらしい。

『……カズくん、もしかして、まだ寝ぼけてる？　今日は私たちのアルバム発売記念のライブがあるんだよ。よいしょ。うん、お着替え完了』

「あっ！」

そう言われ、ようやく俺は思い出した。

そうだ、そうだった。

今日は市内のモールで、『ダメンズ』のライブがある日なんだった。

そのために休み前から雪菜たちは準備していたし、勿論俺も行くつもりだった。

思い出した以上、こうしてはいられない。スマホを耳に当てたまま、慌ててベッドから起き上がる。

「悪い、うっかりしてたみたいだ。言われて思い出したよ。すぐ準備するから」

『なら良かった。電話して正解だったみたいだね』

本当に良かったと、安心したように話す雪菜。

実際助かった。『ダメンズ』の応援サイトを運営している身としては、ライブに遅刻するわけには絶対にいかなかったからな。

まだ時間はあるとはいえ、気付くのが遅れた可能性もあったと考えると、この時間に連絡をくれた雪菜には感謝しかない。

「本当に、ありがとうな雪菜」

だから改めて幼馴染にお礼を口にしようとしたのだが。

『もしカズくんが来なかったら、監禁しようと思ってたから』

雪菜から、とんでもない発言が飛び出した。

◇◇◇

「……………え？」

『ライブでカズくんの姿がなかったら、私とアリサちゃんでカズくんを監禁しようかって話してたの。電話にでなかった場合もね』

「ちょ、ちょちょちょっと待て！」

咄嗟《とっさ》にストップをかける俺。

というか、止めないやつはまずいないだろう。

流すにはちょっと言葉のインパクトがあまりにも強すぎる。

『なあに、カズくん。どうしたの？』

「なんでいきなりそうなるんだよ！　遅刻しただけで監禁ルートとか理不尽すぎるだろうが！」

『だって私たち、最近ライブの準備で忙しくてカズくんに会えなかったから……』

「いや、そのことと監禁されることとの繋《つな》がりが見えないんだが」

会えなかったからって、選択肢に監禁が入るのはおかしい。

ちょっとどころじゃなくおかしい。ていうか、シンプルに怖い。

『カズくんって最近女の子の知り合い増えてるじゃない。伊集院《いじゅういん》さんとか、一之瀬《いちのせ》さんとかね』

「それはまぁうん」

『ふたりとも可愛いし、特に一之瀬さんはカズくんのこと、ご主人様とか言っちゃってるよね』

つい数週間前にうちのクラスに転校してきた女の子たちの顔が脳裏に浮かぶ。

そのうちのひとりである一之瀬姫乃《ひめの》には確かにご主人様扱いされていた。

とはいえ紆余曲折《うよきょくせつ》あった結果であり、別に俺が望んでそう言わせているわけでもないのだが。

それは置いておくとして、雪菜《せつな》の指摘はとりあえず間違ってはいない。

「確かに呼ばれてるけど、それがどうかしたのか？」

『むー』

「いや、むーとか言われても」

『むむー』

「増やされても分からんものは分からないんだが……」

とりあえず肯定するも、雪菜の反応は芳しくなかった。

電話の向こうで頬を膨らませてむくれているのが想像できる。

『はぁ……カズくんって、ちょっと鈍いところあるよね。私はカズくんの全部が好きだけど、そういうところは直したほうがいいと思うよ。私だけじゃなく、アリサちゃんのためにもね』

「あ、うん。分かった。とりあえず気を付けることにする」

『そうしてくれると嬉《うれ》しいな。カズくんは私が養ってあげるんだもん。ずっとずぅーっと、ね。そのために、私はアイドルを頑張っているんだから』

それは勿論《もちろん》俺だって分かってる。

雪菜たちが頑張ってきたことを、俺はよく知っているんだから。

「そのことには、本当に感謝しているよ。雪菜たちの頑張りを一番近くで見てきたのはほかならぬこの俺なんだ。俺が誰より、雪菜たちのことを知っているって、胸を張って言い切れる」

『……うん、そうだよね。カズくんは、私たちのことずっと見ていてくれたもんね』

「ああ。おかげで俺は金に困っていないし、今のところ遊んで過ごせてる。そのことに、俺はすごく満足してるんだ」

『カズくん……！』

声に感嘆の色が漏れていた。

今の雪菜は明らかに感極まっている。

長い付き合いだ。それくらい、手に取るように分かる。

「だから、さ」

なら、ここだ。

ここで流れを変えるしかない。

今こそチャンスだ。勝負どころだ。

俺の勘がそう告げている。

なら、それに従うのみ。

俺なら出来る。いや、出来ないはずがない！

俺は神に愛されし男、葛原和真《くずはらかずま》だ！

「雪菜には、監禁とか物騒なこと言わずに、このままずっと俺に貢いで欲しいんだよね」

にこやかに、だけどハッキリと、俺は告げた。

心の中にある怯《おび》えはおくびにも出してない。

自画自賛したくなるくらいの、実に完璧な取り繕いっぷりだった。

「俺には雪菜が必要だし、大切に想《おも》ってるんだ。雪菜もそうだろ？　雪菜も俺のことが必要だって、俺は確信しているんだ。俺たちの心は、きっと繋がってるはずだ」

自信がついた俺の口は、自分でも意外に思うほど、実に雄弁に語ってくれた。

今の俺ならどんなプレゼンでも、悠々とこなせることだろう。

生徒会長の演説だって楽勝だ。まぁそんな面倒な役職に就くとか、絶対に有り得ない話なんだが。

言いようのない全能感が全身を包み込み、俺に無限の活力を与えていた。

『カズ、くん……』

「なぁ雪菜。俺の言ってること。間違ってるかな？　雪菜は、俺のことを必要としてくれてるよな？　そうだって言って欲しい」

『そんなの、当たり前だよ！　私にはカズくんしかいないんだから！　私はずっとずっと、カズくんのことが大切で大好きなんだもん！』

　その言葉を聞いて、俺はグッと拳を握り締めた。

　イケる、この流れなら間違いなくイケると確信する。

「良かった、それを聞けて安心したよ。俺たちはお互いを必要としてるんだって、心から思えた」

『うん、うん！』

「じゃあ、物理的な拘束なんてしなくていいよな。だって俺たちの心は繋がってるんだし。そんなことする必要全くないじゃん！」

　俺は明るく声を弾ませた。

　甘々な幼馴染《おさななじみ》が俺に貢いでくれる理想の未来は、すぐそこにある。

「これからもいつも通りの付き合いを続けていこうぜ！」

『でも、カズくん』

　いや、あったはずだったんだけども。

『この前の伊集院さんとの一件、私忘れてないよ？』

それはあっさりと、そしてめちゃくちゃ冷たい声によって遮られた。

◇◇◇

『カズくんは、浮気しようとしたよね。他の女の子に、養ってもらおうとしてたよね』

「そ、それはその」

『あ、言っておくけど、私はカズくんが心変わりしたなんて思ってないよ？　伊集院さんに本気になったとも思ってないし。カズくんのことだから、きっと保険をかけたんだよね？　伊集院さん、お金持ちだもんね。一生働きたくないカズくんは伊集院さんと繋がりを持っておきたかったんだよね？　ちゃんと私分かってるから。カズくんのことならなんでも分かるもん。でも、相談もされずにああいうことされるのは、やっぱり気分が良くないかなぁ。怒ってるわけじゃないけど、すっごく嫌な気持ちになっちゃった。私たちがいない間にカズくんが他の女の子に誑《たぶら》かされるとか、有り得ないと分かっていても想像したくないから。大抵のことは許してあげるけど、そんなのはちょっとダメだよね。アリサちゃんも私と同じ意見なはずだよ。カズくんは監禁はダメって言うけど、形だけでも私たちを捨てて他の女の子に走ろうとするのはもっとダメだよ。もうそんなことをしちゃいけないんだって、心と身体《からだ》に教えてあげないといけないんだって思うんだよね。そのほうがお互いのためだよ。うん、絶対にそう。カズくんのためにも、監禁してあげないといけないんだよ。私たちの未来のために必要なことなんだ。カズくん、カズくんも分かってくれるよね。だよね？』

いや、「だよね？」なんて言われても。

『だよね？　だよね？　だよね？』

「あの、雪菜……」

『だよね？　だよね？　だよね？　だよね？　だよね？　だよね？　だよね？』

「ちょっ」

『だよね？　だよね？　だよね？　だよね？　だよね？　だよね？　だよね？　だよね？　だよね？　だよね？　だよね？　だよね？　だよね？　だよね？』

「…………」

『だよね？』

「…………はい」

ゴリ押しは、ゴリ押しはやめてください……。

素直に怖いです……。

早口で淡々と言ってくるから余計に恐ろしく感じる。

顔が見えていないのに、何故《なぜ》かハイライトの消えた目をしている幼馴染が目に浮かぶようだ。

『良かった。カズくんもそう思ってくれていて嬉しいな』

「いや、でもさ、ちょっと話が飛躍しすぎなんじゃないかなって思うんだけど。別に雪菜たちと一緒にいるのが嫌だとかでは断じてないんだぜ？　ただ、アイドルとして頑張ってるふたりの負担にはなりたくないかなーって」

『でも、私たちがいない間に話が進んでいたんだよね？　私たちがアイドルをしている間に、伊集院さんに養ってもらおうとしてたんだよね？』

「……えと。それはですね」

『浮気は良くないよ、カズくん。カズくんには、私たちがいればいいんだからね』

「う、浮気とかじゃないんじゃあないかな。ほら、俺たち幼馴染だけど、付き合ってるわけじゃないし」

『心は繋がってるって、さっきカズくん言ったよね？』

「…………えっと」

『言ったよね。私と同じ気持ちなんだよね。私、しっかり聞いてたよ』

背筋に冷たいものが走るのを感じた。

言った。確かに言ってしまった。

まさか言質《げんち》を取るつもりが、逆に取られてしまっていたとかあまりに予想外すぎる。

『まぁ、すぐに監禁はしないよ。夏休みにするって約束したもんね。私は約束ちゃんと守るから、カズくんは安心して残りの一学期を楽しんでくれていいからね』

なにを安心しろと言うのだろうか。

さっきからの会話でわぁ良かったなんて言うやつがいたら、そいつはおかしい。

「そ、そうっすか。猶予をくれて、ありがとうございます……」

だけど、それを口にする勇気は俺にはなかった。

たとえ事実上の死刑宣告をくだされても、その場で暴れまわるより今この瞬間にある自分の命が大事なのが俺という人間なのだった。

『うん、カズくんが分かってくれて、私もとっても嬉しいよ♪』

いや、俺は全然嬉しくないです……。

本心と真逆のことを言うはめになり、大いに落ち込むも、雪菜はそんな俺に気付いていないらしい。

まぁ声の調子は戻ったようだから、これ以上おかしなことは言い出すまい……。

などと思っていたのだが。

『でもね、今すぐ監禁して、私だけを見て欲しいって、つい考えちゃう時もあるの』

俺の希望は、すぐに儚《はかな》く崩れ去った。

「ひぇっ」

『これってやっぱり、カズくんが近くにいないからだと思うんだ。不安になっちゃうからかなぁ。私はカズくんのために生きてるんだもん。カズくんが私を必要としていてくれるから頑張れるんだよ』

「え、えと、あの……」

『こうして会話しているだけでも嬉しいけど、やっぱり直接会って話したいな。カズくんの顔を見せて欲しいの。ダメかな？』

「いや、ダメってわけじゃないんだが……」

出来れば会いたくなかった。

だって今の雪菜《せつな》、明らかにヤンデレ化しているし。

『……ねぇカズくん、念のために聞くんだけど、今他の女の子と一緒にいたりしないよね？』

どうするべきか。

答えに窮していると、雪菜のトーンが再び下がった。

どこか底冷えする、漆黒のような闇を感じる。

『もし私がカズくんが他の女の子といるなら私……』

「ひとりです！　起きたばかりで、他に誰もいないです！　『ダメンズ』のライブ当日に女の子といるとか有り得ないです！」

またもや危機感に襲われた俺は、思わず声を張り上げた。

雪菜の言葉の先とか聞きたくなかったからだ。

だって怖いし。怖すぎるし。

この瞬間、俺は確かに恐怖に負けていた。

ヤンデレを相手にするには、俺はあまりに経験値が不足していたのである。

『そっか、良かった。思わずカズくんの家に走っていっちゃうところだったよ』

「そんなことする必要ないです！　俺の方から行くんで、それは勘弁してください！」

『ふふっ、なら、モールに来てくれるかな？』

「今すぐに！」

雪菜に言われるまま、すぐに服を着替えて準備をすると、俺は家から飛び出した。

逆らうなんて考えは頭にない。

「くっそぉ、なんでこんなことになったんだああああああああ！！！」

あまりに理不尽な現状を嘆きながら、俺は全力で雪菜のもとに駆けつけるべく、足を動かすのだった。

◇◇◇

「はぁっ、はぁっ。よ、ようやく着いたぞ……」

数十分後、俺はライブ会場である都内のモールにようやくたどり着いていた。

起き抜けに走ってきたのもあり、息も絶え絶えの状態だったが、しばし時間を取ることでようやく身体も落ち着いてくれたらしい。

俺は顔をあげ、軽く辺りを見渡した。

時刻は正午を過ぎたばかりだったが、さすがゴールデンウィークというべきか。既に結構な賑《にぎ》わいを見せているようだ。

ただ、少し意外だったのは、『ダメンズ』のライブ告知のポスターが、数多く貼られていたことである。

ざっと見た限りでも、各店舗の入口に必ずと言っていいほど見かけるし、予想以上の力の入れ具合だ。

モールの企画をした人たちの中に、『ダメンズ』を推してる人がいるんだろうか?

「っと、こうしちゃいられないか」

気になる点はあったものの、それは今は後回しだ。

俺はスマホを取り出すと、雪菜にモールに着いたことを伝えるメッセージを送った。

すると、即座に既読がついた。待ちかねていたんだろう。

これならすぐに返事はくるだろうな。

ついでだし、ライブに参加すると意気込んでいたクラスメイトたちの動向でも探ろうか……。

そんなことを考えていた時だった。

「今日は結構混んでるね」

「アイドルのライブあるみたいだから、そのせいじゃない？」

「へー、そうなんだ。なんてアイドル？」

「確か『ディメンション・スターズ！』だったかな。最近人気あるみたいだよ」

「あ、私聞いたことある！　じゃあ結構有名人がくるじゃん。せっかくだし聴いていこうよ！」

耳に入ってくるとある会話。

その話し声は次第に遠ざかり、喧騒《けんそう》の中に消えていった。

既に見えなくなった彼女たちの背中に目を向けながら、俺は小さく頷《うなず》いた。

「なるほど、な。そりゃ雪菜も不安に思うわけだ」

雪菜の言葉を思い出す。

最初、雪菜はライブへの不安を口にしていた。

それは最近では珍しいことだった。

『ダメンズ』は現在人気急上昇中のアイドルユニットであり、その分メディアへの露出も増えており、ライブだって結構な数をこなしている。

だから人前に立つことだってとっくに慣れているはずだ。

それでも不安に思うということは、今日のライブはいつもと違う点が存在するということだ。

それはなにか。

今日は『ダメンズ』のファンに向けてだけではなく、一般人の前で歌うことになるということである。

今日ここにいる人たちの大半は、きっと『ダメンズ』のことを知らないだろう。

買い物だったり単なる暇つぶしのためだったりと、それぞれの目的でモールに来ているはずだ。

そんな彼らは、ライブが始まったらどんな行動を取るだろう。

『ダメンズ』の歌声を聞いて立ち止まるのか。

あるいはスルーするのか、もしくはCDを買ってしまうくらいファンになるのか。

心無い言葉を吐く可能性だってある。

ファンなら『ダメンズ』に会うために会場に訪れるが、たまたまライブを耳にした人たちがどう思うかなんて分からない。

分からないから、不安だって生まれるはずだ。

思わず監禁したいなんて思うことだって……いや、やっぱそれはないな。

肯定しそうになった自分を否定するように、ゆっくり首を振る。

それで毎回ヤンデレ化なんてされたらこっちの身が絶対持たん。

（雪菜の、アリサのために俺がすべきことは……）

そのことについて深く考え込もうとした時、手に持っていたスマホがブルリと震える。

雪菜からの連絡だ。

ついさっきまでの俺だったらナイスと思うところだろうが、ちょっとタイミングが悪い。

俺の考えは、まだまとまりすらしていないというのに。

……いや、ここはいい方に考えるべきだろう。

俺までマイナス方向に思考を働かせてしまっては、雪菜の不安が加速するだけ。

なにを話すかは、雪菜の顔を見てから考えればいい。

そう自分を納得させ、俺は足を踏み出した。

◇◇◇

雪菜が指定してきた場所。

そこはモールの中心部、フードコートの一角だった。

丁度昼食時というのもあるのだろう。かなりの混み合いようだ。

ここから何の手がかりもなく人を探すのは、至難の業だろう。

人を縫うように走る子供にぶつからないよう避《よ》けながら、俺は目当ての席へと向かう。

「カズくん、こっちだよ」

スマホに送られてきた写真と重なるような位置を探していると、声がかけられた。

人の喧騒で賑わう場所でもハッキリと聞こえてくるその声に釣られるようにそちらを見ると、席に座るふたつの人影がそこにあった。

どちらも帽子を目深に被《かぶ》り、マスクをつけて口元を隠した完全防備。

それだけでもピンときたが、念のために尋ねてみる。

人が多い場所で、間違いがあってはいけないからな。ふたりに迷惑をかけたくないという、俺なりの心遣いだ。

「雪菜、だよな？」

「えへへ、来てくれたんだね、カズくん」

予想通りの返事だったが、それだけに安心するものがある。

手招きする雪菜に誘われるように隣に座ると、肩の力が少し抜けた。

「久しぶり、雪菜。それに、アリサも」

「久しぶり、カズくん♪　さっきお話しして以来だね」

「……うん、久しぶり」

挨拶すると、ふたりも挨拶してくれた。

雪菜は嬉《うれ》しそうに。アリサはちょっとぶっきらぼうに。

俺の知ってる、いつもの幼馴染《おさななじみ》たちだ。

「とりあえず、待たせて悪かったな。急いで来たつもりなんだが、まだ時間に余裕あるのか？」

「うん、あと三十分くらいはあるかな。そうだよね、アリサちゃん」

雪菜の質問に、コクリと頷きを返すアリサ。

さっき時間を確認したときは、だいたい十二時半だった。

なら、十三時までか。そこから二時間かけて準備をするとなると、中々の拘束時間だな。

こうしてちょっとした裏事情を知ると、やはりアイドルという仕事の大変さが窺《うかが》える。

「しかし、待ち合わせ場所にフードコートを指定したのは意外だったな」

辺りを見ると、学生らしき私服姿の男女の姿がちらほらあった。

彼らのなかには『ダメンズ』目当ての人もいるはずだ。

雪菜たちがここにいることがファンにバレたら、大騒ぎになる可能性は十分ある。

Chocream

「だよね。ここは今の時間だと特に人が多いもん」

「いや、余裕そうに言うけど、大丈夫なのか？　もしバレたら大変だろ」

「平気だよ、変装してるし。マスクも外すつもりはないから、こうしてお喋《しゃ》べりしてるだけなら気付かれたりしないいんじゃないかな。周りの人もご飯を食べることと一緒に来た人たちとのお話に夢中だろうから、そこまで他のお客さんを見たりしないよ。ね、アリサちゃん？」

「……ええ。アタシも周囲には気を配ってるから、和真《かずま》は心配しないでいいわよ」

「ふーん、そんなもんか」

現役アイドルが言うんだからそうなんだろう。

距離が近いから忘れがちだが、アイドルは客商売のプロだしな。

他人からの視線にも人一倍敏感なはずだ。

「それにね、ここにしたのはちゃんと理由があるの」

「理由？」

「ほら、電話した時、カズくん起きたばかりって言ってたじゃない。ならお昼ご飯食べてないだろうから、食事が出来る場所で待ったほうがいいんじゃないかなぁって」

それはありがたい話だった。

確かに言われてみれば腹は空《す》いてるし、ライブ前に体力をつけられるならそれに越したことはない。

「悪い、気を遣わせちゃったな」

「ううん、呼び出したのは私だもん。それに、お礼ならアリサちゃんに言ってあげて。そうしたほうがいいって提案したのは、アリサちゃんなんだよ」

「え、そうなのか、アリサ？」

思わず目を向けると、何故《なぜ》かバツが悪そうに目をそらすアリサ。

「別に。そうしたほうがいいと思っただけよ。和真がだらしないことなんて、とっくの昔に分かってるから」

「そっか、アリサは俺のこと気にかけてくれてたんだな。自分だって忙しいはずなのに。ありがとう、アリサ」

「………………ふん」

お礼を言うと、アリサはそっぽを向いた。

だが、俺には分かる。あれは照れているだけだ。

その証拠に耳は真っ赤だし、目尻も僅かに下がってる。

昔から素直じゃないこの幼馴染は、だけど案外分かりやすいところもあるのである。

「ふふっ、アリサちゃんは本当に素直じゃないなぁ」

「てか、さっきからアリサはやけに口数少なくないか？　いつもはもっと話すだろ」

気になったことを聞いてみる。

普段のアリサならもっと色々言ってくるはずなのだが、今日はそうじゃない。怒ってるわけではなさそうだが、なんというか、口を開くことを躊躇《ためら》っているように感じるのだ。

「……だって、アタシ目立つし。なるべく大人しくしていたほうがいいでしょ」

「目立つって……あー、そっか。その髪か」

言われて気付く。

目深に被っている帽子の下から伸びる銀色の髪に。

それはハーフであるアリサの一番の特徴だ。

日本人では有り得ない髪色は、嫌でも人の目を引いてしまう。

だから少しでも目立たないようにしているということか。

今更な感じもするが、アリサらしいといえばらしい気の遣い方だ。

「そういうこと。アタシのことは気にしないでいいから」

「まぁアリサがそう言うならいいけど。てか別のことのほうが今は気になる」

「？　なによ」

俺はもう一度アリサに目を向け、

「その髪、どうしたんだよ。急に長くなっているように見えるんだが」

セミロングだったはずのアリサの髪が、今は背中まで伸びていたのだ。

ここ数日は顔を合わせてこそいなかったが、髪が伸びたにしてもいくらなんでも早すぎる。

「あ、それウィッグだよ。私も今日初めてつけてるの見たけど、やっぱりちょっとびっくりするよね」

そんな俺の疑問に答えるように、雪菜《せつな》が説明してくる。

その顔はどこか楽しそうで、我が意を得たりとでも言いたげだ。

「ウィッグ？」

「うん、変装するために、この前特注したんだって」

「へぇ、なるほど」

ウィッグは確かかつらの一種だ。

ファッションに用いられることも多いと聞くが、アリサは変装のために使用しているようだ。

実際慣れ親しんだいつもの髪型と違うせいか、見た目からはどこか大人びた印象を受ける。

「……ちょっと、ジロジロ見ないでよ」

しばしの間眺めていると、アリサが怒ったように言ってくる。

「あ、悪い。いつものアリサとは違ったから、ついな」

「あはは。大丈夫だよ、カズくん。アリサちゃんは照れてるだけだから。カズくんのことを待ってる間、カズくんに変に思われないかってずっと気にしてたんだよ」

「ちょっ、雪菜！　それは言わないでって言ったじゃない！」

雪菜からの思わぬ暴露に、目を見開いて慌てるアリサ。

そんなアリサを見て、雪菜は楽しそうに微笑《ほほえ》んでいる。

それは俺にとって、珍しくない光景だった。

その証拠に、流れている空気に険悪さなどまるでない。

互いが互いを理解しているからこそ行われるやり取りだ。

（なんか、あっという間にいつもの空気になったなぁ）

緊張感とか気負いとか、そういうものが一切合切吹き飛んでるように見える。

この感じだと、ライブは問題ないだろうな。

持てるパフォーマンスを、存分に発揮してくれるはずだ。

これから行われるライブに、内心期待が高まるが、そこで俺はふと気付く。

………あれ、これもしかして、俺が来た意味ないんじゃね？

◇◇◇

「うぅ、雪菜の意地悪、意地悪……！」

それから僅かに時間が過ぎた後。

やり取りが収まりはしたものの、涙目になりながら恨み言を呟《つぶや》き続ける、銀髪の幼馴染がそこにいた。

「しー。ダメだよ、アリサちゃん。いつも通りでいなきゃ。ここに私たちがいるってバレたら、カズくんは勿論《もちろん》、マシロさんたちに迷惑がかかるじゃない。私たち、アイドルなんだよ」

「〜〜〜っ！」

だが、そんな幼馴染のことなどお構いなしとばかりに、そんな指摘をしてくる雪菜。

自分の唇に人差し指を軽く当てており、まるで小さな子供に言い聞かせるかのようである。

(うーん。こうして見ると、やっぱ雪菜のほうが一枚上手だな)

親友の性格を実によく分かってる。

事実、追撃にも等しい行為を受けても、アリサは押し黙ったままだ。

雪菜の指摘が正しいってことは、アリサも分かっているだろうからな。

もっとも、納得してないのは丸分かりだが。

ほら、今も恨めしそうに雪菜のことを睨《にら》んでいるし。

さっきまでは大人っぽさがあったのに、今はまるで小さな子供のようである。

「ふふっ、ゴメンねアリサちゃん。今のアリサちゃん、すっごく可愛《かわい》かったから、ついからかいたくなっちゃったんだ」

謝罪の言葉を述べてはいるものの、軽くウインクなんてしてるあたり、あまり反省してなさそうだ。

『ダメンズ』には小悪魔ポジションの子が他にいるが、案外雪菜にもそっちの素質があるのかもしれん。

「うぅ……」

「そうだな、その気持ちは分からんでもない。確かに今のアリサは可愛いからな」

が、それはそれとして、これ以上傍観しているのはさすがにいたたまれない。

そう思った俺は、ここで助け舟を出すことにした。

「え、か、和真……？　今、可愛いって……」

「ああ、言ったな。でも、別にいいだろ？　今の髪の長いアリサは新鮮だからな。俺がアリサの新しい一面を見た最初の男ってことであることが素直に嬉しいし、俺の目から見ても、すごく魅力的に見えるよ」

俺はアリサをまっすぐに見つめた。

この気持ちに嘘《うそ》はない。そう言い聞かせるかのように、想《おも》いを乗せる。

「かずまぁ……」

俺の気持ちに応えるように、アリサも俺を見つめてくる。

青い瞳が、どこか潤んで見えるのは気のせいではないはずだ。

「もう一度言う。可愛いぜ、アリサ」

だからというわけじゃないが、俺はもう一度言い切った。

さっきよりもずっと力強く、自信を持てと気持ちを込めて。

そして。

「和真……！」

俺の目論見《もくろみ》は、見事に成功した。

いつも以上に、その瞳はイキイキと輝いている。

「今度遊ぶ時はまた今のアリサを見たいかもな。でも、いつものアリサが嫌いってわけじゃないぞ。どんなアリサだって、俺は好きだ。今日のライブでも、ステージで輝く姿を見せてくれたら、俺はすごく嬉《うれ》しいな」

「う、うん！　任せて！　アタシ、頑張るから！　和真に最高のアタシを見せるからね！」

力強く言い切るアリサに迷いはない。

　これなら大丈夫だろう。今日のライブも、きっと素晴らしいものになるに違いない。

「カ、カズくん、カズくん」

　アリサが自信を取り戻したことに満足していると、横からクイクイと袖を引っ張られる。

「ん、なんだ雪菜？　どうかしたか」

「あ、あのね。私、本気でアリサちゃんに意地悪したかったんじゃないの。アリサちゃんのこと、カズくんはきっと褒めるから嫉妬しちゃったのはホントだけど、カズくんならアリサちゃんのことを元気付けてくれると思って、それで……」

「分かってる。大丈夫だよ、雪菜。それ以上は言わなくていい」

　俺は袖をつまんでいた雪菜の手をゆっくりと解いた。

「ぁ……」

「何年の付き合いだと思ってるんだよ。お前の考えてたことなんてお見通しだ。言われなくても元気付けてたに決まってるだろ。幼馴染《おさななじみ》なめんなって」

　そして、そのまま両手で包み込む。

　雪菜の手は俺より小さくて、だけど確かな温かさがあった。

「ホント？　私のこと、悪い子だと思ってない？」

「当たり前だろ。そんなこと、全く思ってなんかない」

　まぁヤンデレだとは思ってるし、監禁するのは悪いを通り越して犯罪だとは思ってるけど……。

だが、そんな空気が読めないことをこのタイミングで口にするほど、俺は野暮でもなければ馬鹿でもない。

「お前はいい子だよ、雪菜。いつも俺に貢いでくれる、最高の幼馴染だ」

「カズくん！」

「ライブ頑張れよ。いつもと違う環境なのは確かだけど、これは逆にチャンスだ。今日ここに来ている人たちに、『ダメンズ』の歌とパフォーマンスを見せつけてやれ。そして『ダメンズ』の虜《とりこ》にしてやるんだ。お前たちならきっと、いいや、絶対に出来る！」

アリサの時同様、雪菜の目を見てハッキリと伝えた。

自信を持て。やれば出来る。

口にするのは簡単だ。

だが、それがどんなにいい言葉だろうと、相手の心に響かなければ意味がない。

言った本人がいい気持ちになるだけの、ただの自己満足で終わってしまうことだろう。

だから、心から信じなければいけない。

自分の中にあるこの気持ちが、本物であることを。

自分を信じることすら出来ないやつが、他人を信じるなんて出来るはずがないからだ。

俺にはある。確固たる思い。自分を信じる気持ち。決して曲げたくない信念が。

それは——働きたくない。

絶対に働きたくない。

死んでも働きたくない。

働きたくないったら働きたくない。

とにかく俺は、なにがなんでも働きたくない！

働かずに、一生遊んで暮らしたい。

そんなささやかな夢を、俺は絶対に叶《かな》えたい。

そのためには、幼馴染たちに頑張って働いてもらってファンを増やし、トップアイドルへの道を駆け上ってもらわないと絶対困る！

「いいか、今回のライブは、ただの通過点だ！　お前たちはまだまだ上に行ける！　アイドルの頂点に立ち、お金ガッポガッポの勝ち組人生を目指すんだ！　そして、俺を遊んで暮らさせてくれ！　頼んだぞ！」

これは間違いなく、俺の心からの本音だった。

本来ならお金持ちのお嬢様に養ってもらうルートもあったはずだが、そっちはちょっと望みが薄くなっている。

あれこれ好き勝手なことを言った自覚はあるし、向こうも俺に対し、あまりいい感情を持っているとは思えないからだ。

まぁ他にも養ってくれると言ってくれた子たちがいないわけではないし、何よりそっちはあくまで保険として確保したかったルートのひとつ。

生まれた時から付き合いのある幼馴染たちこそが、養ってもらう大本命であることに変わりはない。

俺たち三人の間には、それだけの絆《きずな》が絶対にある。

「和真《かずま》……うん、任せて！」

「カズくんが求めてくれるなら、私はどこまでも頑張るよ！」

「よし！　ふたりともよく言った！　頼んだぞ！」

いよっし！　これでもう大丈夫だろ！

今のふたりの目には自信しか感じられない。

不安なんてもうどっかに吹き飛んでいるのが俺には分かる。

（最初はどうなるかと思ったが、なんとかうまくいったなぁ）

我ながらよく頑張った。

さすが俺、すごいぞ俺。

自分で自分を褒めてやりたい気分だぜ。俺、最高！

そんなふうに内心己を褒めたたえていると、安心したせいもあってか、急に腹が減ってくる。

「ありゃ、なんだか腹が減ってきたな」

「そういえばカズくんまだお昼食べてないもんね」

「注文してきなさいよ。元々そのためにこんなに人の多いとこにいたんだから」

「そりゃ確かに。おっしゃる通りで」

三人で顔を見合わせ、軽く笑うと俺は席を立った。

このいい空気の中で席を離れるのは惜しいが、腹が減ってはなんとやら。

俺たちにとって本番はこの後だ。

ライブに集中したいし、ここで腹を満たしておくのがベストなのは間違いない。

「んじゃ悪いけど、ちょっと昼飯注文に行ってくるわ」

「はいはい」

「私たちはそろそろ戻るね。ライブ頑張るから、楽しみにしててね、カズくん」

「あいよ」

片手で軽く手を上げつつ、もう片方の手をポケットに突っ込み、財布を探ったのだが。

「………あれ？」

「どうしたのよ、和真」

「いやその、財布がなくて」

「「え？」」

俺の言葉に、ふたりの声が見事にハモる。

「カズくん財布落としちゃったの？」

「いや、多分忘れてきたんだ。財布部屋に放りっぱなしだったし、慌ててたから頭からすっぽ抜けてたんだと思う」

「アンタ、それでどうやって電車乗ってきたのよ……」

「改札はスマホで会計したから問題なかったんだが……いや、ホント参ったなぁ」

思わず頭をかいてしまう。

銀行で下ろそうにも、肝心のカードは財布に入れてるので引き出せない。

俺の両親は現在海外に出張中なので家には誰もいない。

そういうわけで、持ってきてもらうのも無理。

となると他の方法は……。

いや、考えていても仕方ないか。

幸い、ライブが始まるまでまだ時間はあるしな。

「悪い、俺ちょっと家に帰って財布取ってくるよ。さすがに休憩時間に行って戻ってくるのは無理だから、ふたりは控え室に戻って、他の『ダメンズ』のメンバーとライブの準備を始めてくれ」

「え、帰るのカズくん」

「別に戻る必要はないでしょ。モールのお店なら電子マネーで会計出来るじゃない」

アリサの指摘は実にもっともだ。

確かに飯を食うだけなら電子マネーの支払いで事足りる。

だが。

「いや、ダメだ。やっぱり帰る」

「なんでよ？」

「今回のミニライブの物販では、電子マネーは使えないからだ」

アイドルのライブに限った話ではないが、会場によっては電子マネーやクレジットカードによる決済が可能なところも最近は増えていると聞く。

手元に現金がなくても支払いが可能なのは場合によって助かることも多いが、主催者からすれば電子決済の一番の利点は単純に金払いが良くなることにあるだろう。

実際、会場の雰囲気に中《あ》てられ、大量にグッズを買ってしまうファンも多いのだとか。

逆にデメリットとしては、会計をするためには端末の準備が必要だし、手渡しで済む現金とは違い、慣れていないと会計に手間取り、人のハケが悪くなるなんてケースもある。

まぁこういうことを言い出すとキリがないのでやめておくが、とにかく電子決済が色々と便利なことには変わりないのだ。

が、かといって、全ての会場で導入しているかというとそうでもない。

運営の事情なども絡んでくるのだろうが、今回は導入していない会場だった。

「現金じゃないと、『ダメンズ』のグッズが買えないなら、絶対に俺は財布を取りに戻る。

ふたりのことを応援できないなんて、そんなの絶対に嫌だからな」

それに、今回は雪菜《せつな》たち以外にも応援したいやつがいる。

ルリの小悪魔めいた笑みを思い浮かべながら、俺はゆっくりと立ち上がった。

別に打算ってわけじゃないが、次に会った時にグッズを購入したことはちょっとした話のタネくらいにはなるはずだ。

「カ、カズくん……！」

「和真はアタシたちのこと、本当に応援してくれてるのね……」

「当たり前だろ。俺が『ディメンション・スターズ！』のファン第一号なんだぜ」

俺の言葉になにやら感動してるらしい幼馴染たちに、ほんの少しの申し訳なさを感じなくもなかったが、別に嘘《うそ》をついているわけでもないしな。

雪菜とアリサのグッズと一緒に、ルリの分も購入させてもらうというだけだ。

応援する推しがひとり増えたという、ただそれだけの話でしかない。

「なにより今回は学校やクラスメイトのやつらもたくさん来るだろうし、絶対に負けたくないんだ」

ファンにとってアイドルを応援することとは即《すなわ》ち、関連グッズを購入することである。曲が好きというだけでもファンを名乗ることは出来るが、ユニットが存続して欲しいというならお金を貢がなければならないのだ。

運営には金がいる。そんな当たり前のことから目をそらし、気持ちだけで応援しているとか推しているなんて言うやつは、ユニットが解散しても文句を言う権利はない。

誠意とは言葉ではなく金額なのだから。

「じゃ、そういうわけで行ってくる。ライブが始まる前には必ず戻ってくるよ」

「待って、カズくん」

今度こそ戻ろうとしたところで、待ったがかかる。

「財布を取りに行く必要なんてないよ。カズくんの気持ちは、痛いほど伝わってきたから」

「雪菜、でも俺は……」

「いいの。大丈夫。私に任せて」

なにやら感動しているらしい雪菜は、目尻に浮かんだ涙を拭き取ると、

「私が、カズくんの財布になるから！」

そんなことを、満面の笑みで言い出した。

「ホラ、この封筒受け取って！ これで私のグッズたくさん買っていいよ！」

「あ、雪菜ズルい！ そんなの抜けがけよ！ 和真、アタシのほうを先に受け取りなさい。そして、アタシのグッズのほうをたくさん買うの！ いいわね!?」

まるで競い合うように、俺に向けて厚みのある封筒を手渡そうとしてくる幼馴染《おさななじみ》ズ。

「え、ホントに？ いいの？ 貰《もら》っちゃうよ？ 全部使っちゃうけど、それでもいい？」

「もちろん！」

「当たり前でしょ！ 全額残さず使いなさい！ これで和真の気持ちを証明するの！ 絶対他の人に負けちゃダメだからね！」

「おおおお！」

なんと嬉《うれ》しいことを言ってくれるんだろう。

やはりこのふたりは、俺にとって最高の幼馴染たちだ。

ヤンデレ化しなければだけど。

「それじゃありがたく受け取るよ、本当にありがとな」

快く俺に貢いでくれる幼馴染たちの気持ちに応えるように、俺もまた彼女たちに、笑みを向けるのだった。

ちなみに、「これ、マッチポンプじゃね？」というツッコミは聞くつもりがないので、その方向でお願いしたい。

だって俺、間違ってないもん、絶対。

◇◇◇

「さて、何を食べるとしようかなー」

雪菜たちから金を受け取り、家に帰る必要のなくなった俺は現在、昼食を取るべくフードコート内をぶらついているところだった。

「種類が多いのはいいことなんだが、その分迷っちゃうんだよな」

ひとくちにフードコートといっても、そこに点在している店は様々だ。

ハンバーガーや牛丼といったファーストフードの店から、うどん店にラーメン店といった、大手チェーン店もモールに出店しているようだ。

それ以外にもパスタや中華、定食メインの店等、和洋折衷、軽食からガッツリお腹《なか》の膨れる食べ物まで、かゆいところに手が届くようなラインナップが各種取り揃《そろ》えられている。

結構な力の入れ具合に感心するが、単純に店が多すぎて、なにを食べるか迷うのは、ちょっとしたデメリットと言えるかもしれないな。

俺は別に優柔不断というわけではないが、朝飯を食べていないこともあり、食べようと思えばなんでも食える状態にある。

有《あ》り体《てい》に言えば美味《うま》ければなんでも良し。だけどハズレは引きたくない……そんな心境といったところだろうか。

「とはいえ、雪菜たちを待たせるのは良くないよなぁ」

ざっと見回ってみたが、食べてみたいものが増えていく一方だったため、そろそろ決めることにした。

迷っていても仕方ない。極論、腹に入ればなんでもいいしな。

こうしている間も時間は確実に過ぎているし、それはよくない。

「えっと、最近はカップ麺ばっか食ってるからラーメンはナシだな。同じ理由でハンバーガーも却下と。牛丼って気分ではないかな。とすると……」

迷った時は消去法だ。

指折り数えて選択肢をひとつずつ消していく。

そうすると、自然と候補は絞られるものだ。

ひとつ、またひとつと消えていき、最終的にうどんとパスタが残った。

あとはこの二択から決めるだけだったが、最後に残った選択肢ということもあり、俺はつい真剣に考え込んでしまう。

「よし、決めた。今日はパスタにしよ……って、うおっ！」

「きゃっ！」

そのせいで、俺は前から歩いてくる人影に気付けなかった。

結果、互いの身体《からだ》とドンとぶつかる。

「と、あぶねっ！」

一瞬なにが起きたか分からなかったが、目の前には体勢を崩し、転倒しそうになっている人がいた。

咄嗟《とっさ》に俺は手を伸ばし、その人の手をキャッチすることに成功した。

身体は地面にはついてない。おそらくだが怪我《けが》もしてないはず。

ギリギリセーフだ。よくやった、俺。

「すみません、前を向いていなかったもので」

「いえ、ウチもよそ見してたから……って、え？」

とはいえこっちも悪い以上、ちゃんと謝ったほうがいいと思い、相手の顔を見たのだが、

「げ。ク、クズ原……！」

「ありゃ、猫宮《ねこみや》じゃん。お前も来てたんだな」

そこにいたのは見知った相手。クラスメイトの猫宮たまきだ。

俺の顔を見てめちゃくちゃ嫌そうな顔をしているが、俺の方は別に嫌ってたりはしない。

「やっぱ『ダメンズ』のライブがお目当てか？」

「そりゃ友達がやるんだし来るのは当たり前っていうか……てか、いつまで手を握ってるし！」

なにすんだとばかりに、摑《つか》んでた手を思い切り振りほどかれてしまう。

見知った相手というのもあって、気安く話しかけてみたが、猫宮の態度は中々に手厳しい。

「うー、嫌だなぁ。クズのなにかが伝染《うつ》ったかも……ウチ、大丈夫かなぁ」

「その言い方はないだろ。俺はウイルスかなんかなのか」

「似たようなもんでしょ！　助けてくれたことはありがとうだけど、それとこれとは話が別！」

シャーッ！　と目を剝《む》いて威嚇してくる猫宮。

さながら本物の猫のような迫力があるが、ここまで毛嫌いされているのにはちょっとした理由があった。

「ウチはクズ原がアリサをあんなふうにしたこと、絶対許さないんだからね！」

そう、猫宮には以前アリサからお金を貰った現場を目撃されていたのだ。

それ以来、目を合わせればまるで親の仇《かたき》のように睨《にら》まれる間柄であったりする。

「仕方ないじゃん。向こうから貢いでくれるんだし。俺もアリサから貢いでもらいたいんだから、win-win の関係じゃん？　俺、なんにも悪くないじゃん？」

「悪いに決まってるでしょ！　不健全な関係だって言ってんの！　幼馴染を免罪符にすんな！　せめて雪菜かアリサのどちらかを選んでちゃんと付き合ったら、ウチだってこんなこと言わないし！」

「えー、嫌だよ。せっかくふたりからお金貰えるのに。今の関係変える理由ある？」

「普通は貰わないんだよ！　貰わない！　普通の！　関係に！　なれ！！！」

一字一句句切るように、力強く言葉を発する猫宮。

いかにも怒り心頭といった様子だが、これはまともに話が通じそうにないな。

「失礼ですが猫宮様。それは無理というものです」

その言葉が俺たちの間に挟まれたのは、どうしたものかと考えていた時のことだった。

「どこまでいってもクズはクズ。性根が腐っているのですから、今更変わりようはありません」

カツカツと迷うことなく向かってくる足音。

吐き出されているのは俺に向けられた辛辣な内容。

だが。

「ですが、それが良いのです。何故《なぜ》ならそれでこそ……わたしの、理想のご主人様なのですから」

そう言いながら俺に抱きついてきたのは、モールという場所に似つかない、可愛《かわい》いメイドさんだった。

◇◇◇

「お久しぶりです、ご主人様。数日ぶりのご再会ですが、この一之瀬姫乃《いちのせひめの》、ご主人様とこうしてお話しする時を、ずっと待ちわびておりました」

小柄な身体で俺をギュウッと抱きしめてくるのは、これまたクラスメイトである一之瀬姫乃だ。

とある理由でつい先日転校してきた彼女だったが、紆余曲折《うよきょくせつ》あって彼女からご主人様と呼ばれる関係を既に築いていた。

同時に、俺に貢いでくれると約束してくれた女の子のひとりでもある。

「そっか。俺も一之瀬に会えて嬉しいよ。元気だったか？」

「いえ、お嬢様に付き合わされ、ぶっちゃけ元気とは言えない日々でした。が、それはそれとしてご主人様と会えただけで疲れも吹き飛んだので、もっと抱きつかせてください。

ぎゅー」

「あー！　そういうの！　そういうのだから！　クズ原、サイッテー！　デレデレすんな！　死ね！」

「いや、さすがの俺でもこの状況でデレデレ出来るほど肝は据わってないんだが。むしろ恥ずかしいし、助けてくんない？　クラスメイトのよしみでさ」

「うっさい！　死ね！　女の子の敵！　ウチは絶対アリサをアンタから助け出してみせるからね！」

「えぇ……俺だけ怒られるの理不尽じゃね？」

俺は抱きつかれているだけでなにもしてないんだが。

「というか、一之瀬がいるってことはもしかして……」

「姫乃！　貴女《あなた》なにをしてますの!?　まだ振り付け練習の途中でしてよ！」

「うわ、やっぱいたよ」

悪い予感は当たると言われているが、いくらなんでも早すぎる。

大きな声を出しながらひしめく客をかき分けるように姿を現したのは、金色の髪をした派手な美少女にして伊集院《いじゅういん》財閥のお嬢様、伊集院麗華《れいか》だった。

こちらもつい先日やってきた転校生のひとりだったが、その理由はうちのクラスに在籍している雪菜《せつな》とアリサの近くにいたかったからという、筋金入りのストーカーもといい、

『ダメンズ』の大ファンのお嬢様である。

どうも従者である一之瀬を捜しに来たようだったが、その一之瀬がひっついてる関係上、俺も気付かれてしまうのは自明の理というやつで。

「あら、ごきげんよう和真《かずま》様。やはり貴方《あなた》もいらしていたのですね」

「ああ、うん。ごきげんよう伊集院。てかお前、なんつー格好してるんだよ」

俺は胡乱《うろん》な目で、伊集院のことを見つめていた。

ごく自然に話しかけてきた伊集院だったが、その出《い》で立《た》ちは全く自然なものではない。

「ダメンズ命！」などと書かれた法被《はっぴ》を着ており、頭にハチマキを巻いている。おまけに、腰にはあらん限りのペンライトをぶっ差しているという、良く言えば古典的。

悪く言えばお前何年前から来たんだよと言いたくなるような全く空気を読めてない、コッテコテのドルオタ姿だった。

どっからどう見ても害悪そのものでしかなかったが、何故か伊集院はやたら優雅な笑みを見せると、誇らしげに髪をかきあげた。

「ああ、これですか？ わたくし、『ダメンズ』に命を捧《ささ》げると決めてから、一から全て調べ直しましたの。その結果、これが最もオーソドックスかつ王道のアイドル応援スタイルであることを知ったのですわ。中々悪くないでしょう？」

「いや、悪いわ。ここはモールだぞ。明らかに場違いだし、公序良俗に反しているんだわ。

『ダメンズ』のことを思うなら、今すぐそんなの脱いでこい」

コイツ、金持ちなのにTPOを知らないんだろうか。

今の伊集院は、時と場所と場面の全てを間違えているといっても過言ではない。

「フフッ、心配には及びませんわ、和真様。このモールは『ダメンズ』がライブを行うと決まった瞬間から、既に伊集院財閥が買収済みです。即《すなわ》ち、ここではわたくしこそが法なのですわ！　なにも問題ナッシング！」

「ハァッ!?　モールごと買収だと!?」

それは予想外にもほどがある。

いくらなんでも一回のライブのためにそこまでやるのか。

やれるのがまず凄《すご》い。てかおかしい。

「見て分かると思いますが、お嬢様はご覧のとおり、ますます『ダメンズ』に入れ込んでしまっているのです。お金に糸目をつけないというレベルではなく、湯水のように散財しているうえ、もはや誰の手にもおえません。完全にお手上げ状態ですね」

「うわぁ……マジで？」

「マジのマジで大マジです。当主様も、お嬢様の代で伊集院家は終わりだと夜な夜な号泣する始末でして。もはやわたしの手には負えませんし、どうにもでもなーれという気持ちですね」

やってられないとばかりにため息を漏らす一之瀬。

嘆きたくなる気持ちはよく分かる。私利私欲に走るにも限度ってもんがあるからな。

やはりこのお嬢様、頭のネジが何本か外れているとしか思えん。

確かに『ダメンズ』のために全てを捧げるとは言っていたが、ここまでやられると感心もクソもない。正直ドン引きモンである。

「うわぁ……なにあれ」

「話には聞いてたけど、すごいね……」

「ボク、ドンビッキ……」

そんなスーパーを超えてハイパーなお金持ちである伊集院をヤバいやつを見る目で眺めていた俺だったが、聞こえてきた声にふと我に返る。

「あれ、お前らは……」

「あぁ、皆さん、申し訳ございません。姫乃も見つかりましたし、戻って練習を再開すると致しましょうか」

俺が振り向くと同時に、つかつかと歩き出す伊集院。

「ほら、行きますわよ。姫乃。いつまで油売ってるんですの」

「後生ですお嬢様！　引きずるのはやめてください！　わたしはご主人様のものですし、なにより凄く目立ってます！」

「貴女の雇い主はわたくしでしょう！　いい加減、姫乃にもコールを覚えてもらいますからね！　他の方たちもいますし、今日ばかりは恥ずかしいなんてワガママは言わせませんわ！」

「そんな！」

ついでとばかりに俺にくっついていた一之瀬の首根っこを掴み、強引に引きずっていくが、めちゃくちゃ抵抗されながらいつも通りの主従漫才を繰り広げているのはさすがというべきだろうか。

「あー。すっごい騒いでるねー」

「あれに付き合わないといけないのかぁ、嫌だなぁ」

「貰《もら》うものは貰ったのだから覚悟を決めるしかないわよ」

さらにゾロゾロと移動しようと伊集院の後をついていく数人の女子たちを見て、俺は思わず聞いてしまった。

「ちょっと待て伊集院。こいつらはなんだ。見知った顔もいるようだが、一体なにをするつもりだ」

疑問を投げかけると、伊集院は足を止めた。

そして、優雅な仕草で振り向くと、

「この方たちですか？　フッ、この方たちはわたくしが集めた、『ダメンズ』を応援してくださる、新たな同志なのですわ！」

大仰に手を広げ、そんなことをのたまった。

◇◇◇

「ど、同志？」

伊集院の言葉に思わず面食らう。

なんだそりゃ。完全に予想外もいいとこだ。

「ええ。わたくしは貴方に出会って、自分がいかに視野が狭かったか思い知りましたわ。独りよがりにならず、されど『ダメンズ』を応援するためには、この感情を共有する友人が必要不可欠。わたくしはそう結論付けました」

「は、はぁ。なるほど。まぁそのことに気付けたのは凄くいいことだと思うけど……」

「でしょう？『ダメンズ』の素晴らしさを世に広めるためには、わたくし自身も研鑽《けんさん》を積まないといけませんからね。全ては野望への第一歩なのです！」

なんか感極まっている伊集院。

完全に周りが見えていないが、ある意味いつも通りなのだからそれが怖い。

「あぁっ、全ては『ダメンズ』のため！　わたくしの持てる全てを、あの女神たちに捧げましょう！　『ダメンズ』万歳！　『ダメンズ』最高！」

衆人環視の中、完全にキマってることを言いだすが、白昼堂々こんなことをのたまうやつに、果たしてついていくような人間がいるのだろうか。

自分の世界にトリップしている伊集院からいろんな意味で目をそらすと、俺は同志たちとやらに目を向ける。

「ちょっ、そっち詰めて！　同類と思われたくないよ！」

「あはー、もう手遅れかもー。逃げ出してももう遅いよー」

「追放系ってやつね。なにもされてないのに、針のむしろにあうとはこれいかに……」

すると案の定というべきか、彼女たちは伊集院を見て、ひとり残らずドン引きしていた。

明らかに後ずさり、厄介オタクを通り越したナニカと化したお嬢様を遠巻きに眺めているではないか。

いや、逆に正しい反応すぎて安心するけどさ。

平然としてるほうがむしろ怖すぎる。同志とか言ってたからてっきり伊集院と同類のやべーやつが集まったんじゃないかと思ったんだが、杞憂《きゆう》で済んでなによりだ。

心配が危惧で終わったのは、僥倖《ぎょうこう》と言わざるを得ない。

「『ダメンズ』最高！　ヒャッホーウ！　ですわー！」

とはいえ、あれをいつまでも放置しているわけにもいかなかった。

現在進行形で『ダメンズ』の悪評をウイルスの如《ごと》くバラまいているのはいただけないし、さすがの俺でもちと見過ごせない。

「なぁ一之瀬《いちのせ》。お前から伊集院に……」

とりあえず一番近い位置にいて、かつ伊集院のメイドでもある一之瀬に話しかけてもらうよう頼もうとしたのだが、

「あ、申し訳ございませんご主人様。わたし、ちょっとお花を摘みに行って参ります。断じて逃げるわけではありませんのでご容赦を！」

「あ、おまっ」

いつの間に離れていたのか、伊集院がキマってるうちに一目散に駆け出す一之瀬。

止める間もなく走り去っていったが、どうやら相当あの状態のお嬢様に話しかけるのは嫌だったらしい。まぁ分かりすぎるほど分かるけどさ。

「はぁ、仕方ないな」

となると、次だ。

俺は足を一歩踏み出すと、未《いま》だ遠巻きに眺めている集団へと近づいた。

◇◇◇

「よぉ、なにしてんだ、夏純《かすみ》」

伊集院《いじゅういん》が同志と呼んだ集まりにいた見知った女子、夏純紫苑《しおん》へと俺は話しかけていた。

「へ？　葛原《くずはら》くん？　ボ、ボクに話しかけたの？」

「おう、お前だお前。こうして話すのは久しぶりだな、元気してたか？」

夏純は長い髪を派手な茶髪に染めた女子であり、クラスメイトのひとりだ。

見た目だけなら完全にギャルのそれであり、一見話しかけにくい印象があるが、一人称がボクのボクっ娘《こ》であり、さしてとっつきにくいわけじゃない。

それが夏純に話しかけた理由のひとつではあったが、一応同じ小学校の出身で、昔からの顔見知りであったことも大きい。

もっとも、小学校の時は雪菜たちとは所属していたグループが違っていたし、中学の頃はずっと別のクラスだったりと、それほど深い付き合いがあったわけでもないのだが。

まぁそれでもある程度知った仲であることに変わりはない。

「あ、うん。まぁ、元気だったかな」

「そりゃ良かった。てかお前、猫宮《ねこみや》のグループじゃなかったのか。なんで伊集院とつるんでるんだよ」

「あ、いや、ボクだけじゃないよ。メグちゃんも詩亜《しあ》ちゃんも一緒だし。ホラ、そこにいるよ」

言われて目を向けると、そこには確かに猫宮グループに所属している女子がふたりいた。

「どうも、クズ原くん。そしてさようなら。貴方《あなた》に近づいたらクズが移るわ。すぐに消えなさい」

「やっほー、君も来てたんだね。相変わらずクズしてるー？」

最初に辛辣《しんらつ》な態度で挨拶してきたのが委員長をしている久方恵《ひさかためぐみ》。

手を振って挨拶してくれたのが、永見《ながみ》詩亜だ。

リーダー格の猫宮に、夏純とこのふたりを加えた四人でグループを形成しており、教室でもよく一緒にいるのを目にしている。

「どうも。まぁぼちぼちやってるな。皆まとめてスカウトでもされたのか」

「当たりー。モールでライブが始まるまで遊んでたら、たまたま話しかけられたんだー」

「へぇ、そうだったのか」

相づちを返すも、ぶっちゃけ話の内容に興味はない。

「んじゃ早速頼むんだが、お前ら、伊集院のことを止めてやれよ。同志なんだろ？」

親指で伊集院を差しながら、俺は言った。

本題はこっちだったからな。

同志になって一緒に行動してるなら、是非ともなんとかして欲しい気持ちでいっぱいだ。

「え、ボ、ボクが？　あの人に？」

「そ。夏純が、伊集院に、話しかけんの。出来るだろ？」

ちなみに俺は話しかけるつもりは一切なかった。

伊集院の財力は魅力的ではあるが、一度失敗してるし、なによりあいつに関わると非常に疲れるのだ。

お嬢様のテンションの高さとめんどくささは、メイドである一之瀬が脱兎《だっと》の如く逃げ出したことからもお察しだし、なるべくなら近づかないほうが賢明と言える。

「そ、そのぉ、ボクはちょっと。ホラ、ボクって気が弱いとこあるし」

「見た目ギャルのやつがなに言ってんだ。いいから、ほら行け」

「ちょっ、コラ。やめろぉっ！　ぶっとばすぞぉっ！」

グイグイ背中を押したのだが、何故《なぜ》か夏純は抵抗を見せてくる。

「なんだよ、そんなに拒否するんだったら、なんで一緒にいたんだ？　仲良くなったからじゃないのか？」

「え、いや、それは」

「なんか変だな……」

不審に思い、改めて同級生ギャルを眺めたのだが、

「……おい、夏純。それはなんだ」

「へ？」

ふと気付く。

夏純が肩にかけているバッグ。

それが一目で高級品と分かる見た目をしていることに。

「それ、確か有名ブランドのやつだよな。高校生で買えないくらいの値段だったと記憶しているんだが」

「そ、そそそそうだったかな？　ボク分かんないや！　アハハハハ！」

「いや、その反応はなんかあったとしか思えんわ。分かりやすすぎるだろ」

夏純から視線をずらし、委員長と永見へと目を向ける。

ってことはだ。

「…………」

「おい、お前ら。こっちを見ろ。あと、手で隠すな。姑息《こそく》な真似《まね》はやめろ」

ふたりはこれまた露骨に、俺から視線をそらしていた。

しかもそれぞれ手で荷物を隠しており、あからさまになにがあったかバレバレだ。

「お前ら、伊集院に買収されるとか、プライドないのか？」

「……なんでも買ってくれるっていうから、つい……」

「お金から発生する友情があってもいいんじゃないかなー」

「この明晰《めいせき》な頭脳が訴えてきたのよ。金運アップのネックレスを着ければ、さらに偏差値が向上すると。私はなにも悪くないわ」

三者三様の言い訳だったが、皆伊集院になにか買ってもらっていることに変わりはない。

ただ委員長、お前だけは確実に騙《だま》されていると思う。

「お前ら前に俺のことをクズだとか言ってたけど、買収されてる以上大差ないからな？」

「うぐぅ」

「あはー。屈辱ー」

「聞いて頂戴。伊集院さんに買ってもらったのは確かだけど、彼女は同時に私の明晰な頭脳から生み出される高偏差値と将来性を買ったのよ。つまり私の場合は正当な取引であり、他のふたりとは違うわ。私はなにも悪くないし、クズと言われる筋合いはないの。お分かり？」

「いや、言い訳なげーよ。ただの屁理屈《へりくつ》じゃねーか」

なにを言おうが物を貰《もら》っている以上、買収されたことには変わりない。

「言っておくけど、ウチはなにも買ってもらってないからね」

呆《あき》れていると、俺以外の呆れまじりの声が耳に届く。

「猫宮……」

「勘違いされたら困るからハッキリ言うけど、ウチはその三人とは違うから。やめたほうがいいって言ったのに、お金に釣られてフラフラついて行ったりなんかしてない。クズ原の同類になんか絶対なりたくないからね」

「ごふっ！」

「うはー。遠まわしにクズって言われたー。辛辣ー」

「私はクズじゃない。あくまで将来の投資。決して物欲に負けたわけじゃないわ。だって私偏差値七十あるもの！」

「なぁ、俺よりお前の友達のほうが、明らかにダメージを受けてるんだが」

「ふん。それくらいのお灸《きゅう》は当然でしょ。ホラ、皆もう行くよ！　伊集院さんも早く戻ってきて！　周りの迷惑になってるし、早くここから離れるからね！」

「もっと！　もっとわたくしをぶってください！　セツナ様！　アリサ様ぁっ！」

「ああもう、うっさい！　アリサたちを変な目で見るな！　ウチの目が黒いうちは、絶対変なことはさせないからね！」

文句を言いながらも伊集院を引っ張っていこうとする猫宮。

前から思っていたが、アイツ結構面倒見がいいんだよな。

「なぁ、猫宮」

完全にいなくなる前に、俺は猫宮へと話しかけた。

反応しないならそれでもいいと思ったが、猫宮は立ち止まると、嫌そうに俺のほうへと振り返る。

「……なに？　どうせロクな用じゃないんだろうし、話しかけないでほし……」

「ありがとう。助かったよ、恩に着る」

こっちを見た猫宮に、俺は素直な感謝の言葉を口にした。

「っ……そ、そんなお礼なんて、言わなくてもいいから！　どうせクズ原は、クズのままのくせに！」

何故か顔を真っ赤にした猫宮だったが、憎まれ口を叩《たた》いて去っていった。

うーん、今回は普通に礼を言いたかっただけなんだがな。

助かったのは本当だし、猫宮には素直に感謝しているんだが。

関係を改善するには、まだ時間がかかりそうだ。

「さて、俺もいい加減行くかな……って、うん？」

ボスラッシュならぬ知り合いラッシュですっかり忘れかけていたが、当初の予定である飯を注文すべく移動しようとしたのだが、ふと気付く。

「………」

先ほど遭遇したクラスメイトのひとり、夏純がこっちをじっと見ていることに。

俺も視線を向けたのだが、夏純はくるりと背中を向け、駆け足気味に雑踏の中へと消えていった。

「……なんだ、あいつ」

俺、なんかやったっけ。
心当たりがなく、俺はしばしの間首をひねるのだった。

「みなさーん！　今日は私たち『ディメンション・スターズ！』に会いに来てくれて、ありがとうございます！」

それは、ライブの始まりを告げる声。

この場にいる全員が待ちに待った、アイドルの声でもある。

「今日はいつもと違った形でのライブとなりますが、精一杯頑張りますので、よろしくお願いします！　ファンの方もそうでない方も魅了できるようなライブにしますので、どうか楽しんでいってくださいね！」

まず最初に挨拶をしたのは雪菜《せつな》だった。

顔に笑みを浮かべ、嬉《うれ》しそうに喋《しゃべ》るその声に震えはない。

モールの中心部。三階建ての吹き抜けとなっている一階に設置された会場は、ライブの三十分前には既に満席となっていた。

その状態ではもはや入場は難しいし、チケットを購入しないと会場入りも出来ないのが普通だが、今回は少し事情が違う。

ライブ会場が一階。そして吹き抜けの構造という条件が重なっていることもあり、上の階から下で行われるライブを覗《のぞ》き込む形で見ることが可能なのだ。

それも三百六十度。様々な角度から。

そういう事情も相まって、コアなファンの中には一階の席を確保せず、いつもと違う角度から『ディメンション・スターズ！』を見ようとするものもいるらしい。

かくいう俺もそのひとりだ。

俺の場合、『ダメンズ』のブログを運営している関係上、ファンもステージもまとめて写真を撮れる場所を確保したかったという理由もある。

「ここだけの話なのですが、実は今日は私たちの知り合いも、たくさんライブを観《み》に来てくれているようなんです。少し恥ずかしいけど、いつもと違う私たちの応援、どうかよろしくね、皆！」

『うおおおおおおおおおお！　応援するよおおおおおおおおおおお！』

「わぁ、皆元気いっぱいだね！　私も負けないよう頑張るからねー！」

『うおおおおおおおおおおお！　もうとっくに負けてるよおおおおおおおおおお！』

怒号にも似た歓声。まずモールのような場所で聞けないだろうそれを、雪菜は笑顔で受け流す。

その姿に、俺にはちょっとばかり感銘を受けていた。

（もうすっかり慣れた態度だなぁ。さすがというかなんというか）

ミニライブは基本的に観客との距離が近い。

今の雪菜たちには、クラスメイトをはじめとした知り合いの姿が、ステージの上からハッキリ見えているはずだ。

多くの人が自分たちに視線を向けていることが分かるだろうに、ああも堂々としていられる高校生が、いったいどれくらいいることだろう。

新人の頃はもう少し緊張が見られたものだったが、今は違う。

余裕があるというか、緊張すらも楽しんでいるように俺には見えた。

「皆のこと楽しませるから、しっかり聞いていきなさいよ！」

『うおおおおおおおおおお！　耳から血が出るくらいかっぽじって聴き入るよおおおおおおおおおお！』

「カワイイルリたちの姿、目に焼き付けていってくださいね――♪」

『もちろんだよおおおおおおおお！　はんだごて当てていいよおおおおおおおおお！』

雪菜が言い終わると、次にアリサ。

さらにルリへと順番が回る。

ガチガチの態度だったら見ている側にも不安が生まれるものだが、彼女たちも雪菜同様、言葉に詰まることなくスムーズに挨拶をこなしていった。

「それでは皆さん、今日は新曲も歌いますので、楽しんでいってくださいね」

『うおおおおおおおお！　分かったよおおおおおおお！！！』

そして最後はセンターの雪菜が締めて、ファンが声援で応える。

『ダメンズ』のライブにおける、いつもの始まり方だった。

それは言い換えれば、今日のライブも成功に終わると確信させられる流れということでもある。

「さぁ皆さん！　声をあげなさい！　ここは既にわたくしの手の内にある施設！　どんなに声を荒らげようとも、誰にも文句は言わせませんわ！　一番大きな声を出した方には賞金だってあげますわよ！　さぁ！！！」

『うおおおおおおおおお！　セツナちゃぁぁぁん！　アリサちゃぁぁぁぁん！　頑張れえええええええええ！』

「まだですわ！　もっと！　もっと天まで届くくらいの歓声をおおおおおおおお！」

『うおおおおおおおおお！　セツナちゃぁぁん！　アリサちゃぁぁぁぁん！　可愛《かわい》いよおおおおおお！　好きだあああああああああああ！』

「その調子ですわあああああああ！　『ダメンズ』最高！　うおおおおおおおおおお！」

……まぁ強いていつもと違う点を挙げるとすれば、俺のクラスメイトたちが最前列に陣取っていることか。

特に法被を着て団扇《うちわ》をぶん回しながら音頭を取っている伊集院《いじゅういん》の絶叫が、突出して響き渡っている。

元からかもしれんが、あいつは羞恥心ってやつが欠落していそうだな。

まだ歌いだしてもいないというのに、顔が既に真っ赤に染まっているが、そのうちぶっ倒れるんじゃないだろうか。

こうして遠目に見ても、明らかにあそこだけテンションが振り切れているのが分かりたくないのに分かってしまうのはどうなんだろうか。

視線を移せば引いている猫宮《ねこみや》たちの姿も見られるし、文字通り熱意の違いが浮き彫りになっているようだ。

「いくら買収したからってモールでよくあんなん出来るな……」

俺も『ダメンズ』は大好きだし、ちゃんと応援もしてるつもりだが、あそこまで自分を捨てるのはちょっと無理だ。

場を温めるのがファンとして正しい姿勢なのは確かだし、今回は場所が場所だから誰も声をあげず変な空気になるよりはマシではあるんだが……。

「あはは。皆元気いっぱいだね。それじゃ早速始めよっか！　ね、アリサちゃん！」

「ええ。アタシと雪菜の歌声、この場にいる皆に刻み込むからね！」

『うおおおおおおおおおお！　セツナちゃぁぁん！　アリサちゃぁぁぁん！　幼馴《おさなな》染《じみ》コンビ最高だよおおおおお！』

「当たり前でしょ！　アタシと雪菜は最高の親友で、最強の相棒なんだから！」

「うん、私たち、これからもずっと一緒だよ！」

『うおおおおおおおおお！　セツアサ尊すぎるよおおおおおおおおおおお！　最強のダブルセンターだよおおおおおおお！』

「おお、相変わらずうちの幼馴染コンビは人気だな……」

あのふたりが関係をアピールする時は、一際大きな歓声があがることがよくあるのだ。

『ダメンズ』は箱推し、即《すなわ》ちメンバー全員をまとめて推しているファンも多いが、雪菜とアリサは幼馴染という関係性が出来上がってることもあってか、ふたりの組み合わせは「セツアサ」と呼ばれて特に推されてたりする。

事務所もそれを分かっていて、幼馴染という関係性を強調するパフォーマンスも多いが、あのふたりは元々生まれた時からの親友同士だ。

作られた関係というわけでもないし、仕事だけの付き合いでもないので特に文句はないらしい。

「人気を出すために、きっと苦心しているんだろうなぁ」

仕事というのはやはり大変だ。

ストレスも多いだろうし、やっぱ絶対に働きたくないなと思いながら、改めてステージに視線を向けたのだが。

（ん……？）

ふと、違和感を覚えた。

ステージの上に立つ『ダメンズ』のメンバーは、全員笑顔だ。

ライブを楽しみに思っていて、緊張している様子は感じられない。

だけど、その中のひとり。

四人のなかでも少しだけ背の低いその子だけが、笑顔のままどこか不機嫌そうなオーラを出しているような……。

「気のせいか……？」

「それじゃ今日の一曲目いっくよー！　『クズ野郎は♡監禁 Chu ★』！」

『うおおおおおおおおおおおおおおお！！！　グッズに課金するよおおおおおおおおお！！！』

だが、俺の覚えた違和感は、直後に始まったライブとファンたちの熱量によって、あっという間にかき消されていったのだった。

「次は新曲！　『お金で束縛◇五秒前！』」

『うおおおおおおおおおおおおおおおおおお！！！　みじんぎりにして一生縛り上

げてくださあああああああああい！！！』

いや、物理的に無理だろ、それは。

◇◇◇

「いやー、いいライブだったなぁ、っと」

ライブが終わり数時間。

現在時刻は夜の九時。

場所は隣町にある人気《ひとけ》のないファミレスだ。

若干くたびれたソファーに寄りかかりながら、俺はひとりのんびりとした気分で、スマホをいじっているところだった。

「今回の新曲も良かった。やっぱり『ダメンズ』は最高だ！　ルリちゃんのダンスがカッコカワイくて僕はもう……！　ねぇ」

ふむ、今回も評判は上々だな。

クラスのＫＡＮＥ《ケイン》に書き込まれたクラスメイトたちのメッセージは、どれもこれも高評価なものばかり。

いつもと違い、女子の書き込みも多いのは、好材料のひとつだろう。

結果から言うと、ミニライブは成功していた。

新曲を含め、今回のライブで用いられた曲が盛り上がり重視のものであったことも大きかったんだろう。

会場は大いに盛り上がり、その流れのままサイン会に移行。

最後はファンとの記念撮影で締められた。皆が笑顔で満足できた、良いライブであったと言えるだろう。

「変なトラブルとかもなかったし、そういう意味でも良かったよなぁ」

一般客が多い祝日のモールにて行われたため、多少の不安がなかったといえば嘘《うそ》になるが、思い返せば何事もなく終われたのは当然のことだったかもしれない。

なんせ会場には『ダメンズ』のためにモールまで買収した伊集院財閥のお嬢様がいたんだからな。

そこまでやるようなやつだ。

俺たちには分からないよう、トラブル対策に力を入れたり、人員が各所に配置されていたとしてもおかしくない。

伊集院のことだし、『ダメンズ』になにかあってはならぬと独自に警備を強化していただろうことは容易に想像できる。

実際、間近で『ダメンズ』を直視した伊集院が興奮しすぎて、ぶっ倒れかけた時には、いつの間にか現れたいつもの黒服さんが支えたことによって事なきを得ていたからな。

根性でライブは乗り切っていたようだが、終わり際はフラフラだったし、しばらくは寝込むかもしれない。もっとも、伊集院からすれば本望だろうし、俺が気にする必要のないことだ。

「ま、姫乃《ひめの》は苦労するかもしれないけどな」

そこはメイドでもあるし割り切ってもらうしかないだろう。

そんなことを考えていると、スマホがブンと音を立てて振動する。

来たかと思い画面を見るも、そこに表示されてる名前はアリサのもの。

アテが外れたことに若干肩透かしの気分を味わうも、すぐにスマホを操作し耳に当てる。

「もしもし」

「あ、和真《かずま》？　アタシだけど」

聞こえてきたのは聴き慣れた声。さっきとは違い、いつも通りのアリサだ。

そのことに内心胸をなで下ろしながら、話を続ける。

「お、アリサ。お疲れさん。打ち上げ終わったのか？」

「うん。ミーティングも軽くやったけどね。雪菜《せつな》と一緒に今から帰るから。和真はご飯食べた？」

「ああ、今ファミレスにいるとこ。実は先輩に奢《おご》って貰《もら》ってな。今はひとりだ。もう少ししたら帰るよ」

「……アンタ、外食ばかりしていちゃダメって言ってるじゃない」

「はは。今日くらいはいいだろ？　なんせライブを観《み》たんだからさ。こういう特別な日はパーっと散財したいって思うのが、ファン心理ってものなんだよ」

「……アタシのグッズも、ちゃんと買ったんでしょうね」

「それは勿論《もちろん》。たくさん買ったぞ。今日のアリサもすごく良かったしな。クラスメイトたちの前でも堂々と歌っていて、思わず見惚《みと》れちまった。絶対ファンも増えたはずだぜ」

「……バカ。アタシは、誰より和真が見てたから……」

「え？」

「なんでもない！　あんまり遅くならないよう、早く帰ってきなさいよ！」

そう言い残し、プツリと電話は切れた。

暗くなった画面を見ながら、俺は小さく息を吐く。

「フゥ。余計なこと言われずに助かったな」

会話が短く済んだのはありがたい。

実際、俺は嘘は言ってないのだ。ライブ後のひまつぶしに、少し前まで聖《ひじり》と一緒にいたのは事実。

だが、それももう一時間ほど前までのこと。今ここにひとりとどまっているのは、とある理由があってのことだ。

カランコロン。

「お、来たか」

入口から響く誰かの入店を告げる音と、続けざまに入るメッセージ。

素早くスマホを操作すると、一分もせずにその人物は姿を見せた。

見上げると、そこにはツーサイドアップの髪型をした、ひとりの女の子の姿があった。

白のベレー帽に黒マスク。肩にはピンクのカバンをかけ、白を基調としたゴシックな服にフリルのついたスカートという、オシャレではあるが深夜に差し掛かりつつある時間としてはかなり派手な格好だ。

所謂《いわゆる》地雷系、もしくは「遊んでる」系の目立つ服装で話しかけてきたその子に、俺が軽く手を振ると、

「お待たせしちゃいましたか、おにーさん」

「たっぷり一時間くらいはな」

「ありゃ、そうでしたか。待たせてしまってすみません。思ったよりミーティングが長引

いちゃいまして」

軽く頭をペコリと下げて、そのまま対面の席へと座る女の子。

待ってないなんてお世辞も使わない、割とぞんざいな返しだったと思うが、気にしたふうでもないようだ。

まぁ向こうも同じくらい適当というか、謝罪に心がこもってなかったからお互い様と言ったところだろうか。

「いいさ、呼び出したのはこっちだからな。どうせ明日も休みだし、特に問題ない」

「そうですか。まぁおにーさんの場合、休みの間中ずっと遊んでそうですしねぇ」

失礼なことを口にしながら、席に座る女の子。

分かっていたことだが、俺のことを年上だと思ってないんじゃないだろうか。

「失敬な。休みじゃなくても年がら年中毎日遊びたいと思ってるぞ。それが俺の夢だからな」

「あは♪　さっすがぁ。ロクでもない夢ですね。変わりないようでなによりです。さて――」

そこまで話すと、女の子は言葉を句切った。その様子を見て、俺は少し姿勢を正す。

ここで意図を察せないほど、俺も鈍くない。ここまでのやり取りは、挨拶がてらの軽めのトーク。本番はここからだ。

勿論女の子もそれを承知しているのだろう。

彼女は帽子を外すと髪をかきあげ、そして着けていたマスクを、ゆっくりと外していく。

「どうでしたか。今日の『ダメンズ』のライブ——というより、アイドルとしてステージに立つルリを、改めて観た感想は」

赤い髪が重力に従ってゆっくり落ちていくと同時に、あらわになった素顔は、とても愛らしいものだった。

ニッコリと微笑《ほほえ》みを浮かべるその顔は非常に整っており、雪菜やアリサにも引けを取らない。

間違いなくアイドルとしても、十分通用するだろう。いや、この言い方は良くないか。

なにせ目の前の女の子——立花瑠璃《たちばなるり》は、人気アイドルグループ『ディメンション・スターズ！』に所属している、正真正銘のアイドルなのだから。

「んー。知り合いになったあとだと印象が大分違ったかな。なんていうかこう、すごく良かった。『ダメンズ』のライブは毎回参加してて、ルリのことも観ていたつもりだったけど、新しい一面に気付けたと思う」

「ふふふ、ルリの魅力に気付いたですか。ちょっと遅い気もしますが、まぁいいでしょう。でも、それだけじゃないでしょう？　まだ言うことがありますよね？」

上目遣いでこちらを見てくるルリ。なにかを催促してくるかのような仕草に、俺は少し

苦笑しながら、

「ああ。すごく可愛《かわい》かった。俺から見ても、ルリはめっちゃ輝いていたと思うぞ」

「ですよね！　ですよね！　さっすがおにーさん！　分かってますね！　当然のことですけどね！」

　言った途端、ルリが思い切り食いついてくる。

　それも、今にもテーブルの向こうから身を乗り出してきそうな勢いで。

　職業柄いくらでも褒められる機会はあるだろうし、言われ慣れてそうなものだが、この反応を見る限りどうもよほど嬉《うれ》しかったらしい。

「良かった。俺の言葉でそこまで喜んでもらえると、ファンとしてもうれし……」

　早々に出来上がった、この和やかな雰囲気のまま、話を進めようと思ったのだが。

「そうですよ！　ルリはカワイイんです！　やっぱりルリが、ルリこそが『ダメンズ』のセンターに相応《ふさわ》しいです！　それを分からない人が、あまりにも多すぎる！」

「え、あの」

　なんか、様子がおかしい。

　いや、喜んでくれるのはいいんだが、明らかにテンションの上がり方が凄《すご》いような……。

「あの、ルリ？　人がいないとはいえ、ここ店なんだが。ちょっと声がデカ……」

「なんで気付かないんですかねぇ！　このルリこそが今世紀最強にして最高の、超絶カワイイ美少女スーパーアイドルであることを！！！　おにーさんも、そう思いますよね！

さっきルリのこと、めちゃくちゃカワイイって言いましたよね！　ね！！！」

なんというか。その目はキマっていた。

グルグルとした目で、自分の可愛さを叫ぶルリは、明らかに関わってはいけない人のそれだった。

「え、いやそこまでは言ってな……」

「言いました！　よね！！！」

「あ、はい」

俺は頷《うなず》くしかなかった。圧がすごい。

その迫力は、雪菜を彷彿《ほうふつ》とさせるものであり、そうせざるを得ないナニカがあった。

「そう！　このルリのカワイイさに気付かないなんて、そんなのは世界がおかしい！！！」

言いながら、ガタリと音を立てて立ち上がるルリ。

なんと言えばいいのか分からないが、とりあえず一言。

（コイツもやっぱりキャラが濃いのか……）

最近知り合いになる人物は、何故《なぜ》こうも濃いキャラをしたやつばかりなんだろう。

そのことを嘆きつつ、俺は密《ひそ》かにため息をつくのだった。

◇◇◇

「ふぅ、いやースッキリしました。やっぱりストレスってすぐ発散しないと美容にも悪いですからね！」

「はぁ。それは良かったっすね……」

額に浮かんだ汗を拭いながらいい顔をしてソファーへと座り直すルリに、俺は呆《あき》れた目を向けていた。というか、向けないほうがおかしい。

あれをにこやかに受け止めることが出来るのは、せいぜい伊集院《いじゅういん》くらいのものだろう。

『ダメンズ』のことは確かに推しているが、それ以前に俺は常識人なのだ。

「同席してるこっちからすると、場所を選んで欲しかったところだったけどな。ファミレスでいきなり叫び出すとか完全に危ない人だったぞ……」

「人はいなかったし、細かいことはいいじゃないですか！　仮にいたとしても、超絶カワイイ現役ＪＫアイドルを生で見られたらお釣りがくると思いますよ。ホラ、ルリってカワイイので♪」

「カワイイで済んだら警察はいらんと思うんだが」

「その時は警察すらルリが魅了すればいいんですよ。カワイイは世界を制するんです！　だってこんなにルリってカワイイんですから」

てへっ♪　とウインクしながら、舌ペロしてくるルリ。

ライブでよく見せる小悪魔的な仕草だが、それで全てが許されると思ってるなら世の中を舐《な》めすぎだと俺は思う。

「ああ言えばこう言うやつだな……ま、いいや。とりあえずなんか食う？　あるならメニュー表渡すけど」

「あ、お構いなく。打ち上げで既に済ませてきたので。それにもう夜ですし、今の時間に食べると太っちゃいますから」

「ああ、なるほど。アイドルだもんな。体重管理は当然ってことか」

納得して頷くも、丁重にお断りしてくるルリに、俺は少し感心していた。

いきなり見せてきたアッパーな一面に多少面食らいはしたものの、目の前にいる女の子は確かに今日ステージの上で歌い踊っていた『ディメンション・スターズ！』のメンバーであることは確かなのだ。

夜の間食をしないくらいのプロ意識は、当然持ち合わせているということなんだろう。

思えば雪菜《せつな》やアリサも、そこらへんはちゃんと気を遣っていたからな。

「そういうことです。もう食べ終わってるみたいですけど、おにーさんも気をつけたほうがいいですよ。いくらおにーさんが面白い人だと言っても、太ったら養ってもらえなくなっちゃうかも……」

「あ、大丈夫。俺、いくら食べても太らない体質だから」

上目遣いでこちらを見てくるルリの言葉を遮って、俺は言った。

アリサにも食事に関しては普段からあれこれ言われてはいるが、生憎《あいにく》俺はなにを食おうと一定の体重を保てるのだ。

だからその心配は無用だと伝えて、ルリのことを安心させようとしたのだが。

「おにーさん、その冗談、面白くないですよ」

「え？　いや、冗談ではないんだけど……」

「面白くないです、その冗談」

「だから冗談では……」

「お・も・し・ろ・く・な・い・で・す―！」

一字一句句切るように話しながら、頬をぷっくりと膨らませるルリ。

「そもそも女の子に体重の話をするなんて、おにーさんデリカシーにかけてますよ！　こういうのは触れるだけでもタブーなんです！　いくらクズだからって、越えちゃいけないラインっていうものがあるんですよ！」

「ええ、そっちが振ってきたのにそれ言うか……？」

「うるさいですー！　というか、叫んだら喉が渇きました！　罰として飲み物注文してください！　食事代は払ってあげますけど、こっちはおにーさんの奢《おご》りですからね！」

「まぁいいけど……てかそうくると思って、もうセルフサービスのドリンクは頼んでたんだが。なに飲む？　取ってくるぞ」

「あ、マジですか。それは気が利きますね。ルリ的にポイント高いです。ドリンクも奢ってあげちゃいましょう。ウーロン茶でお願いします」

「いいのか。いや、いいけどさ」

なんだろう。疲れることは疲れるんだが、案外コイツ、チョロいのかもしれない。

コロコロ言うことが変わるルリに半ば翻弄されながら、俺はドリンクを入れるべく一度席から立ち上がった。

◇◇◇

トングで摑《つか》んだいくつかの氷をグラスに入れて、ドリンクサーバーに置いてスイッチを押す。

そうすると、機械が作動して適量まで飲料を注いでくれる。特に頭を使うこともなく、誰にでも出来る簡単な作業だ。

普段意識したことはなかったが、そういえばドリンクバーの前に店員が立っている光景を見たことがないなとふと思う。

それは説明の必要がないからなのだろうが、そういった手間暇を省いて直感的に利用出来るというのは、思えばとても素晴らしいことなのではないだろうか。

「頑張って色んな便利なもの作ってくれてる世の中の人には感謝しないとってやつだな」

ま、働くつもりの一切ない俺にとっては、本当にただ感謝するだけなんだが。

せいぜいこっちが便利で楽しく暮らせるものをたくさん生み出してくれるとありがたいことこの上ない。

そんな益体もないことを思い浮かべているうちに、コポコポと僅かな音をたてながら、茶色い液体が少しずつせり上がっていく。

それを目にしながら、俺は頭の中でルリについての情報を改めて整理することにした。

立花瑠璃は、『ディメンション・スターズ！』のメンバーのひとりだ。

愛称はルリで、年齢は十五歳。

俺のひとつ下であり、『ディメンション・スターズ！』においては最年少。俺や雪菜たち同様、私立鳴上《なるかみ》高校に通う一年生でもある。

身長153㎝でバストのサイズは83のD。

好きなものはカワイイ自分と面白いこと。嫌いなものはつまらないもの。

『ダメンズ』内では一番運動神経が良いらしく、ファンクラブの広報にもダンスが得意であると記載されていた。

事実、今日のミニライブでも動きのキレが特に優れていたのはルリである。

電話口で聞いたアリサの声が疲れ気味だったのに対し、ルリはピンピンしているようだったし、体力も一番あるのかもしれない。

オシャレには自信があるらしく、ファッション誌の仕事を希望しているが、現在主に回される仕事はもっぱらテレビのバラエティ。

深夜帯のものからゴールデンタイムと受ける仕事は幅広く、毎回割とひどい目に遭う割に常に笑顔で自分のカワイさをひたすらアピールすることから、ファンの間ではもっぱら広報担当、ギャグ兼オチ要員のような扱われ方をしている子だ。

ルリをきっかけに『ダメンズ』に興味を持った層も、雪菜やアリサのファンに落ち着くことが多いと聞く。

ある意味損な役割だが、その常に明るく自信に満ちた振る舞いに惹《ひ》かれ、そのままルリの固定ファンとなる人間もまた多い。

俺の場合は幼馴染《おさななじみ》ということもあり、雪菜とアリサを主に推しているわけだが、別に他の『ダメンズ』のメンバーに全く興味がなかったわけじゃない。

おそらく俺以外では雪菜たちと一番長く一緒に過ごしている仲間たちだ。

ファンではなく幼馴染として、出来ればお礼を言いたかったたし、知り合いになりたいくらいには思っていたが、まさかこんな形で巡り合い、しかも貢いでもらうことになるとは。

人生とは、なんとも分からないものである。

「とはいえ、気になることがないわけじゃないんだよな」

ルリには色々と聞きたいことがある。

ゴールデンウィーク初日に知り合って、直接会うのは今日が二回目。

聞いたことを全て話してもらえるなどとは思っていないが、聞かないことには分からない。

そのためにも、なるべくルリの機嫌を損ねないようにするべきだ。

考えがまとまるのと、自分の分のドリンクが入れ終わったのはほぼ同時だった。

そうなると、長居は無用。さっさと席に戻るべく、ドリンクバーへ背を向けるのだった。

◇◇◇

「戻ってきたんですねおにーさん。お帰りなさいです」

「あぁ、お待たせ……って何してるんだ？」

席に戻ると、なにやら熱心にスマホを覗《のぞ》き込んでいるルリの姿があった。

「話す前にお茶くださーい。喉渇いてるんで。アイドルは喉を大事にしないといけないんですよー」

「あ、悪い。すぐ渡すよ」

言われてすぐにグラスを手渡す。

養ってもらう身としては、金を稼いできてくれる宿主に逆らうという選択肢は基本存在しないのである。

「ありがとうございます♪」

一言お礼を口にして、ウーロン茶を飲み始める一方、空いているもう片方の手で、ルリはスマホを操作し続けていた。

器用なことをするもんだと思いつつ席に座ると、ルリは一度グラスから口を離してふぅっと息をつき、

「あれです、エゴサですよ。毎日夜になるとネットの反応を確認するのがルリの日課なんです。特に今日はライブがありましたから、ちょっと気になって見ちゃってました」

「なるほど。エゴサか」

すぐに合点がいった。

エゴサーチ。通称エゴサは、ネット上で自分に対する世間の反応を知る行為のひとつだ。

ＳＮＳで検索をかければ、リアルタイムで感想を目にすることができるため、芸能人で

も行っていることが多いと聞く。

「てか、アイドルでもそういうのやるんだな。悪口とか書かれてる可能性だってあるし、気にならないのか？」

だが、調べるにあたって、当然リスクも存在する。

出てくる感想が絶賛だけならいいが、否定する感想を書き込む者——所謂《いわゆる》アンチが紛れ込んでいることがあるからだ。

なかには誹謗《ひぼう》中傷や人格否定までしてくる輩《やから》までおり、うっかりそれを見てしまったためにトラウマを負ったりメンタルが傷付く人も多いと聞く。

事務所によってはＳＮＳの活動を制限するなどの対策をしているところもあるそうだが、『ダメンズ』の事務所は違うのだろうか。

「そもそもルリはアンチとか気にしませんからねー。むしろ可哀想《かわいそう》な人たちだなって思ってます。ルリの魅力に気付いていないんですから。ルリのカワイさを理解出来ていたら、アンチなんてせずにこんなにカワイイ美少女がアイドルをしていることがどれほど幸運なことかを神様に感謝してルリを推さずにはいられなかったはずなのに……」

言いながら目尻を拭うルリ。どうやら本気でアンチに同情してるらしい。

なんとなく分かっていたが、この子自分が好きすぎなんじゃなかろうか。

「お、おう。ならいいんだが……てっきり事務所の方針とかで禁止されてるかとおもってたわ」

「うちはそういうの緩いんですよ。社長さんが独立してまだそれほど経《た》ってない新設事務所ですからね。人も少ないからやれることも限られてますし。ルリたちも売れてきたとはいえ、利用出来るものは利用しないとって感じなんですよねー」

「世知辛い話だなおい……」

業界の裏話を聞いて、俺はなんとも言えない気持ちになった。

華やかなだけの世界でないことは知っているが、生き残るのはやはり相当大変であるらしい。

「ま、それはいいです。ルリたちがもっとももーっと人気者になって、事務所を大きくすればいいだけですから。それよりも」

カタリと、硬い音が僅かに響く。見ると、テーブルにルリのスマホが置かれていた。

だが、そのことに気が向いたのはほんの一瞬のこと。

「おにーさんはセツナセンパイやアリサセンパイと、そういった話はしないんですかぁ？」

次の瞬間楽しそうに話すルリの口元に、視線が吸い寄せられていたのだから。

◇◇◇

「……いや、したことはない。ふたりとも、そういうのあんまりやるタイプじゃないからな」

「確かにルリもおふたりとその手の話題について話したことはありませんね。ネットでの評価も、特に気にしてるふうでもないですし」

ふむふむと指を口元に当て、思い出すように話すルリ。

どこかあざとい仕草だが、妙によく似合っていると思えるのは、やはり目の前の女の子も優れたアイドルだからだろうか。

「これまではあまり興味ないのかなと思ってて、そのことについてあまり深く考えてこなかったんですけど……その理由がおにーさんと知り合って、ようやく分かりました」

ルリが言葉を句切る。

「本命の相手がいるから、他の人からの評価をあまり気にしなかったんだなって。ホント、セツナセンパイたちの気持ちがよく分かります。こんな面白い人と昔からずっと一緒だったなら、手放すなんて絶対有り得ないですもんね」

悪戯《いたずら》っぽく笑うルリの顔は、ひどく楽しそうだった。

「一緒にいるだけなら、問題ないんだけどなぁ」

「あー、一緒を通り越して監禁されるんですっけ。ホント面白いことになってますよね、イベント盛りだくさんじゃないですか。羨ましいくらいですねー」

「俺としては全然まったく面白くないんだけどな！」

ちくしょう、他人事《ひとごと》だと思いやがって。

こっちとしてはたまったもんじゃないんだぞ。

あの時のダークオーラをまとったふたりは未《ま》だ夢で見るくらいトラウマだ。

「くそう、嫌だ。俺は監禁なんてされたくない！　夏休みは遊びまくって貢いでくれる女の子を増やしまくるつもりだったのに、なんでこんなことになってしまったんだ……！」

「そういうクズなこと考えてるからじゃないですかねー。完全におにーさんの自業自得ですもん。多分近いうちに刺されるんじゃないですか？　入院で済んだらいいですね！」

「笑顔でなんてことを言うんだお前は」

それはあまりにも物騒すぎるし洒落《しゃれ》にならんぞ。

「まぁまぁ。元気出してくださいよおにーさん。ルリもおにーさんに会えないのは嫌ですし、出来るだけ協力しますから」

「出来るだけじゃなくマジで頼むぞ。なんとかふたりを監禁なんてしない方向に誘導してくれ！　もしくはする暇がないくらい仕事入れるとか！　とにかく頼む！」

「無茶言いますねぇ。前者はともかく、仕事に関してはルリに言われてもなんですが」

そんなことは百も承知だ。そのうえで言っている。

「分かってるけど、こっちだって必死なんだよ！　監禁だけはとにかく嫌だ！　俺はまだ自由でいたいんだ！」

同じ『ダメンズ』のメンバーであるルリこそが、文字通り俺の命綱なのだ。

雪菜《せつな》たちを動かせる可能性がある以上、今はルリに頼る以外に道はない。

「ふむ。本当に切羽詰まってるんですね。ま、やれることはやりますよ。ルリとしてもセツナセンパイたちに対して有利な状況を作るのは望むところですからね」

「助かる！」

わずかに垂らされた蜘蛛《くも》の糸に飛びつくのは、至極当然のことだった。

「ふふーん、まぁルリにお任せあれ！　出来る女の子であること、見せてあげますよー！」

ルリの言葉は、俺にとってとても喜ばしいものだ。

正直心強いし、とても助かる。

だが、そんななかであっても聞き逃せないことがあった。

「……なぁ、ちょっと聞きたいことがあるんだが、いいか？」

「ん？　なんです？」

首を少し傾けて、不思議そうな顔で見てくるルリに、俺は以前から気になっていたことを聞いていた。

「ルリはその、雪菜たちに対して、なにか思うところでもあるのか？　センターになりたいって言ってたよな」

それはルリと知り合った当初から気になっていたことだった。

なにかと雪菜とアリサについて言及してたり、センターへの拘《こだわ》りを垣間見《かいまみ》せることが多かったルリ。

俺の質問を受け、「んー」と唇に指を当て、考え込むルリの表情はあどけなく、含むものを感じさせないが、内心が仕草に表れるとは限らない。

気のせいならそれでいい。だが、もしルリが俺の幼馴染《おさななじみ》たちに悪意や敵意を持っているというのなら……そのときは、彼女との付き合い方を考え直す必要があるだろう。

そんなことを思っていると、ルリは唇からゆっくりと指を離した。どうやら考えがまとまったようだ。

「ちょっと聞きたいんですが。おにーさんは、『ダメンズ』がどうやって結成されたか知ってますか」

「いや……詳しくは知らないし、聞いたことはないな」

雪菜たちからは四人組ユニットとしてデビューすることになったと結成当時報告されたが、それ以上のことは深く聞かなかった。

そのこと自体に興味がそれほどなかったのもあるが、単純に幼馴染たちのアイドルデビューが決まったことの喜びが大きかったからだ。

あの時は雪菜たちと一緒にひと晩中騒いだし、自然と流してしまった話題だったように思う。

「そうですか。じゃあ話しますが、『ディメンション・スターズ!』は大手芸能事務所から独立した社長さんが立ち上げたアイドルユニットです。ルリたちは社長さんにスカウトされて事務所に所属することになった、所謂アイドル候補生というやつでしたね」

「ふむ、なるほど」

「まぁルリのカワイさだったらスカウトされて当然だったんですが、そのことは一旦置いておきましょう。さて、当時のルリはカワイさを振りまきながらデビューに向けてレッスンに励んでいたわけですが、ある日社長さんから言われたんです。『四人組のアイドルユニットの立ち上げを企画しているから、そのメンバーのひとりになってくれない?』って。ルリはそのお誘いに、どう答えたと思います?」

「どうって、はいって答えたんじゃないのか? 現に今ルリは、『ダメンズ』に所属しているわけだろ?」

「まぁ最終的にはそうなんですけど、過程はちょっと違うんです。ルリはソロデビューを希望していたので、最初はユニットを組むつもりなんてなかったんですよ」

「へぇ。そうだったのか」

それは意外……でもないか。

これまでの言動から、この子の自我が相当強いのは明らかだしな。

ユニットを組むより、ソロでの活動を希望していたとしても納得がいく。

「じゃあなんでユニットを組んだんだ？　なんらかのメリットを提示されたとか、そこら辺か？」

「察しがいいですね。その通りです。渋るルリに、社長さんはまずこう言ったんです。『今度立ち上げるユニットは、メンバーのビジュアル重視で作る』と。そう言われたら、揺らがざるを得ませんでした。だってルリはカワイイですからね。悩んだ末、ルリは『ディメンション・スターズ！』に入ることにしたんです」

「なるほどな……」

さすがアイドル事務所の社長さんというべきか。誘い文句をよく分かってる。

ルリのように容姿に自信がある子にその言葉は、かなりの効果があったことだろう。

「とはいえ、引け目もありましたよ。ルリはカワイイすぎるから、他の子は引き立て役に回っちゃうだろうなとか考えて申し訳なくなりましたしね……でも、ここでひとつ誤算がありました」

「誤算？」

「ええ……ねぇおにーさん。今の時代、人気アイドルになるために必要なものってなんだと思います？」

ピンとグラスを指で弾《はじ》きながら、ルリがそんなことを聞いてきた。

◇◇◇

半ばほどまで飲み干されたルリのグラス。

それを見ながら、俺はしばし考える。

人気アイドルになるために必要なもの、か。

思いつくのは歌、踊り、トーク力。

あとはビジュアルにカリスマ性あたりだろうか。

どれもアイドルに必要と思われる要素だ。

上を目指すためには、いくつかは持っていなくてはいけない素質だろう。

だが——これらを持っていたとしても、必ずしも人気に繫《つな》がるとは限らない。

「話題性、だろ？　個人の能力も重要だが、人気になるためにはまず多くの人の目に留まらないといけないからな。そのためにはきっかけが——バズることが絶対に必要だ」

俺が考えた末に出した結論は、話題になることだった。

順番が逆じゃないかと思う人もいるかもしれないが、素人時代のテレビ出演がきっかけで芸能人としてデビューしたり、甲子園で活躍した結果、ドラフト一位になったり一躍時の人として祭り上げられたりした人も、世の中には確かに存在する。

運も実力のうちというが、巡ってきたチャンスを逃さず摑《つか》み取れるかどうかが、人気の境目となることは間違いない。

俺の答えにルリは目をパチクリさせると、

「へぇ……正解です。ちょっと見直しました、おにーさんって、やっぱりバカじゃないいんですね」

「お前は俺のことをなんだと思っているんだ」

本人的には褒めたつもりかもしれんが、最後の一言があまりに余計すぎる。

「え、女の子にお金を貢がせてるクズだと思ってますけど……もしかして違うとでも言うんですか？」

「違わい。あのな、俺が金を貰《もら》うのは働かないために全力を尽くした結果なんだよ。強制してるわけじゃないし、あいつらが貢ぎたくて俺に貢いでるってわけ。要は正当な報酬を受け取ってるだけだから、俺はクズじゃないんだ。分かるか？　完璧な理屈だろ？」

まぁ俺の溢《あふ》れる魅力に小さい頃から触れさせ続けた結果、闇が溢れてしまうくらいメロメロにさせてしまったという意味では、確かに俺にも悪い部分はあるかもしれない。

「フッ、やはりイケメンは罪だな。同じ顔がいいもの同士、ルリもそう思わないか？」

「いや、そんな振り方されても困るんですけど。確かに顔はいいつもりですが、おにーさんの場合は色んな意味で自覚ないとか、ルリでもちょっと引きますよ……」

珍しく引きつった表情を見せるルリだが、一度目を瞑《つぶ》ると、真面目な顔に切り替えた。

どうやら話を戻すつもりらしいが、そのことに異存はない。

「コホン。なにはともあれ、いくらルリがカワイイといっても、そもそも皆がルリの存在を知らないというならどうしようもないんです。おにーさんの言う通り、たくさんの人に知ってもらうにはきっかけが必要なんですよ」

「そのために事務所が打ち出したのが、全員が美少女というビジュアル重視のユニットだったというわけだな」

脱線した空気が戻りつつあることを肌で感じながら、ルリの言葉に頷《うなず》きを返す。

確かに結成当初の『ダメンズ』は、ビジュアルに言及する謳《うた》い文句が多かったが、ちゃんとした戦略を練ってのことだったということか。

「その通りです。でもおにーさん、それじゃ足りないと思いませんか？」

「足りない？　アピールがってことか？」

「はい。そもそもアイドルになるうえで、顔がいいのは大前提なんです。最初の食いつきこそいいですが、ぶっちゃけ宣伝材料としてはビジュアル推しって弱いんですよ。すぐに埋もれてしまう程度のアピールポイントでしかありません」

「言われてみれば確かにそうだな……」

アイドルとは選ばれた職業だ。

芸能人である以上、容姿がいいのは当たり前のこと。

それだけなら確かにアピールポイントとして弱いのは事実である。

「歌う曲を電波曲にしたりとか、社長さんも色々考えたようなんですね」

「あ、あれも一応考えてのことだったんだ」

てっきり社長が趣味に走った結果かと。

結果的に濃いファンを大量に生み出してるし、方針としては間違ってはいないとは思うけども。

「はい。ルリたちも色々考えて、アイデアを出し合ったりしたんです。ルリも遅くまで、一生懸命考えました。気がついたら、ユニット活動にのめり込んでいた自分がいたんです。メンバーの皆さんはいい人ばかりでしたし、ルリも『ディメンション・スターズ!』のことをすっかり好きになっちゃっていましたから」

「へぇ……それは」

いい話だな。

そう続けたかったが、言えなかった。

「でも最終的に一番の売り出し文句として打ち出したのは……セツナセンパイとアリサセンパイ、幼馴染ふたりによるダブルセンターという、アイドルになる以前からの関係を大々的にアピールする形のものだったんです」

ルリの表情が、どこか物憂げな色を帯びていたから。

「反則だと思いません？　事務所はアイドルとしての実力じゃなく、おふたりのもとからの関係性に注目して押し出すことを決めたんですよ。おにーさんは思うところがあるのかってルリに聞きましたけど、あって当然じゃないですか。要は引き立て役に回されたんです。ルリは、主役になりたかったのに」

カランと、氷が転がる音が微《かす》かに響いた。

◇◇◇

話し終えたルリは頬を膨らませ、あからさまに不機嫌そうな様子を見せていた。

ライブの時も一瞬見せたあの表情だ。それを間近で見たことで、俺は踏み出す覚悟を決める。

「……もしかしてだけど。ルリはそれで、雪菜《せつな》たちを恨んでたりするのか？」

これはルリと知り合って以降、ずっと気になっていたことだった。

自分の容姿に対する絶対の自信。それは間違いなくルリのアイドルとしての根幹であり、築き上げてきたプライドとも言える部分だ。

それに基づく前向きさと明るさはアイドルとしては十分プラス材料になるものであり、ルリの天性の魅力でもある。

——だが、そのポジティブさが悪意へと変わったとしたらどうだ。

本来は自分が座るべきだったはずの位置に、自分以外の誰かがいる。

そのことが許せないと思い、なんらかの方法で蹴落とすことを虎視眈々《こしたんたん》と狙っていたとしたら。

そう考えると、俺はルリに聞かざるを得なかった。

らしくないほど真《ま》っ直《す》ぐに、俺はルリの目を見据え、問いかける。

「俺に貢いでくれようとしている理由も、それに関係しているのか」

確かに俺は金が好きだ。

金があれば一生働かずに遊んで暮らせるのだから、嫌う理由なんてどこにもない。

死ぬほど好きだし、多分死んでも好きだと思う。それは間違いない。

だが、だからといって、金のために幼馴染《おさななじみ》たちを傷付けることに加担したいなんて思っちゃいない。

金を貢いでくれるのは嬉《うれ》しいが、それ以前にあいつらは俺にとって大切な幼馴染でもあるのだから。

「？　いえ、全然違いますけど。恨むってなんでです？」

「え」

「だって『ダメンズ』は普通に人気出てるじゃないですか。確かにセンターじゃなかったのは残念に思ってますが、それはそれっていうか。結果的に露出度は上がってるので、結果オーライって感じですね」

「いや、でも。今日のライブの時とか、なんか不満そうだったし……」

「あれはルリよりセツナセンパイたちのことを真っ先にカワイイとか言うからですよぅ。態度に出ちゃったのは良くなかったって思ってますし、触れないでくださいー！」

「お、おう。そうなんだ……」

なんだろう。思ってたのと違うというか、凄《すご》くまともかつドライな答えが返ってきたんだが……。

もしかして、ルリって結構プロ意識高い？

「嫉妬とか、ルリ的に全然カワイくないことしたって反省してるんですぅ。おにーさんは変な勘違いしているようですが、そんなことするくらいなら、もっともっとカワイくなって自分の実力でセンターを掴み取ります。そのほうがユニットのためにもなるしルリのステップアップにも繋がるんですからね」

「そ、そうなんだ。プロ意識高いっすね」

「ふふん、当然です。これくらいはカワイイサオブリージュ、すなわちカワイイアイドルとしての義務ですから」

鼻を鳴らし、ドヤ顔をさらすルリを見て、俺は肩の力が抜けていた。

どうも俺は、このルリというアイドルのことを見誤っていたらしい。

「そもそもですね、おにーさんは多分勘違いしてます。ルリは別に目立ちたいとかチヤホヤされたいとかでアイドルやってるわけじゃないんですよ」

「え、そうなの？」

「はい。ルリってほら、カワイイすぎるじゃないですか。だから昔から皆にチヤホヤされてきたんですけど……ある時ふと思ったんです」

そう言うと、ルリは物憂げな表情を浮かべ、

「こんなにカワイイルリのカワイイさを知らずにいる人が、世の中にはたくさんいるんだなって。そして知らないまま歳《とし》を取っていくなんて、とっても可哀想《かわいそう》じゃないですか」

「お、おう」

「だからルリはアイドルになってあげたんです。アイドルはルリにとって、いわば慈善活動なんです……カワイイく生まれてしまった、ルリの罪滅ぼしなんですよ。あぁ、カワイイさは罪……」

悲しみに満ちたセリフを吐きながら自分を抱き締めるルリだったが、その顔は明らかに自分に酔っていた。

罪とかなんとか言ってるが、ここまで自己愛が極まってるとそんなもん全く気にしてないのが丸分かりである。

「とまぁそんなわけで、ルリはもっとカワイくなる必要があるんです。おにーさんも協力してくださいね♪」

「随分変わり身早いなおい」

ケロッとした顔でそんなことを言ってくるルリ。

さすがの俺もそろそろ疲れてきたんだが。

「てか協力とか言われてもなぁ。俺は一切働くつもりは……」

聞きたいことは聞けたし、今日はこのへんでお開きにするのがベスト……。

「とりあえず百万円あげます」

「とりあえず話を聞こうじゃないか」

差し出された分厚い封筒。

金だと考える前に身体《からだ》が瞬時に反応し、思わずガッチリ受け取ってしまう。

「わーい！　お金だー！　また課金できるぜ！　ヒャッホーイ！」

そのまま有頂天になった俺は、入口から聞こえてきた音に気付かなかった。

「おにーさん、嬉しそうですねぇ。そんなにお金が好きなんですか？」

「ああ、勿論《もちろん》！　好きだ！　大好きだ！　死ぬほど大好きだ！」

ルリの問いかけにも、思わず大声で答えてしまうくらい、俺は舞い上がっていたのだ。

「葛原《くずはら》、くん……なにしてるの？」

だから話しかけられるまで分からなかった。

いつの間にか近くにいたそいつが、俺の名前を呼ぶまで全然周りが見えていなかったのだ。

「え」

思わぬ声に反射的に顔をあげる。すると。

「か、かすみ……？」

そこには昼間『ダメンズ』のライブでも会ったクラスメイト。夏純紫苑《かすみしおん》の姿があった。

◇◇◇

人気《ひとけ》のない夜中のファミレス。そこでの同級生との遭遇。

全く予期せぬ形での再会に、俺とルリは封筒を受け渡しするポーズのまま、思わずフリーズしてしまう。

「葛原くん、だよね。なんでここにいるの？」

「いや、その、これはだな」

「てかその子って、確か昼間ライブしていた『ダメンズ』のルリって子だよね……？」

俺がなんとか取り繕おうとする前に、夏純の視線がルリへと移る。

「なんで葛原くんがルリ……ちゃん？　と一緒にいるの？　大好きとか言ってたよね？」

質問のようで質問になっていない独り言を、夏純は矢継ぎ早に呟《つぶや》いていく。

「ていうか、なに受け取ってるの？　それってもしかして、お金……」

「待て、違うんだ。これは誤解だ」

その目が俺の手にしている封筒を捉えた瞬間、俺は動いた。

これ以上はまずいと、俺の本能が告げたのだ。

「ご、誤解？」

俺の発した言葉に釣られるように、こちらを見てくる夏純。

その瞳は揺れていて、動揺しているのが手に取るように分かる程だ。

思考が定まらず、考えもまとまらない。そんな状態なら、説き伏せるのはそう難しいことじゃないはずだ！　いや、そうに違いない！　違ったとしても、俺ならやれる！

「誤解って言われても……もし葛原くんがクズな行動取ったの見たらすぐに連絡してくれって、たまきちゃんに言われてて……」

「待て、落ち着け！　誤解！　誤解なんだって！　勘違いしないでくれよ。ルリとは前から知り合いで、今は雪菜とアリサのプライバシーに関わることについて話をしていたところなんだ！」

スマホを取ろうとしているらしく、ポケットに手を突っ込んでいる夏純を見て焦りが募るが、ここで慌てすぎては台無しになる可能性が高い。

内心自分を落ち着かせながら、上手《うま》い言葉を慎重に選んで口にしていく。

「神に誓って断言してもいい！　決してやましいことはなにもしていない！　金だって貰《もら》っていないんだ！」

「そ、そうなの？」

「そうなんだよ！　実はさ、この封筒にはふたりに内緒の極秘事項が書かれた書類が入っているんだよ。決して金なんかじゃないんだ。誤解を生む行動をしていたのは事実だけど、それはふたりに余計な心配をかけたくなかったからで……俺はさ、アイドルをしているふたりのことを、本当に心の底から心配しているんだよ」

「え、あ、そ、そうだったんだ……意外なような、そうでもないような……」

「そうなんだよ……なぁ夏純、これだけ言っても、まだ信じてくれないのか……？」

言いながら、俺は夏純を見上げてまっすぐに見つめた。

「信じてくれ夏純。これがお前には、嘘《うそ》をついている男の目に見えるっていうのか（低音)？」

「そ、それは……」

俺のイケボを直《じか》に浴び、僅かに頬を紅潮させる夏純。

迷いが生まれているのは明白で、ほんのひと押しで誤魔化せると直感する。

嘘を真実にするため、そして押し通すためには、今ここが正念場だ。

(よし！　イケる！　さすが俺！　あとコイツ、かなりチョロイぞ！　さすがギャルだぜ！)

いや、あるいは俺の話術があまりに巧みすぎるせいかもしれない。

「よし。じゃあもういいよな？　夏純はなにも見なかったことにして、今すぐここから立ち去……」

己のハイスペックっぷりを自画自賛しつつ、突然訪れた山場を上手く回避できそうなことに、俺は安堵《あんど》しつつあったのだが。

「あ、そういうんじゃないですよこれ。おにーさんの言ったこと、全部嘘です。これは百万円の入った封筒で、今丁度ルリがおにーさんに貢ごうとしていたところでーす♪」

「ってちょ、おおおおおおい！！！」

次の瞬間、さっきまでの流れを全てをぶち壊され、俺は思わず叫ぶのだった。

「なに言ってんのお前!?　いやマジでなに言ってんの!?　上手いこと話まとまりそうだっ

たじゃん!?　なんでそんなこと言うの!?」

「いやぁ、ここでホントのこと話したほうが面白くなりそうだなって思ったらつい♪」

「つい♪　じゃねーよ！　可愛《かわい》く言ったところで誤魔化せると思ってんのか!?　それは世の中舐《な》めすぎだろ!!」

そんなんで許すのはせいぜい伊集院《いじゅういん》とかうちのクラスメイトとかその他大勢の『ダメンズ』ファンのやつらくらいだぞ！

……そう考えると結構いるな。

いやいやいやそうじゃないって！　この状況で、思考が脱線するのはよくない！

「えー、女の子からお金貰って働かずに生きていこうとするおにーさんよりはよっぽど真剣に生きてるつもりなんですけどぉ」

「俺だって真剣に生きてるわ！　貢いでくれる相手をいつだって探してるんだぞ！　むしろ俺以上に将来のことを真面目に考えているやつなんてそうそういないと断言してもいいくらい、人生遊んで暮らすことに賭けてるわい！」

「それを真面目に考えている時点で、どう考えてもクズだと思うんですけど……」

「違うっつってんだろ！　これは俺なりに真面目に人生を考えた結果であってなぁ……！」

ここまでルリの相手をしていた俺だが、ふと気付く。

「へー……さっきまでの話、嘘だったんだ。そっかぁ」

言い争う俺たちの上から、見下すような目をした夏純からの冷たい視線が注がれていることに。

「葛原くんは、ボクを騙《だま》そうとしたんだね」

「いや、待て夏純。これはだな」

「もういいよ。キミの話をまともに聞こうとしたボクがバカだったんだ。たまきちゃんに連絡するね。葛原くんがまた、ロクでもないこと考えてるよって」

「やめてぇぇぇぇぇっっっ！！！」

こちらへ軽蔑の眼差《まなざ》しを向けたのち、反転してきびすを返す夏純の腰に、俺は全力で抱きついた。

クズ原呼びに加え、今後セク原と呼ばれる可能性も一瞬脳裏に浮かんだが、そんな考えはすぐにかなぐり捨てる。大事なのは未来ではなく今なのだ。

「ちょっ、なにすんのさ。離してよっ！」

「頼むから猫宮《ねこみや》に連絡するのだけはやめてくれ！　確実にアリサの耳に入るし、そうなったら俺は今すぐにでも監禁されてしまう！　それだけは嫌だ！」

「なんでさ。監禁されるならいいじゃん。クズ原くんの望み通り、一生養ってもらえるし」

「ぜんっぜん違う！ 全く俺の望み通りなんかじゃない！ 俺はそういう重い関係嫌なの！ 自由がいいの！ 自由に思うがまま、俺は遊んで暮らしたいの！ 縛られたくないんだよぉぉぉっっっ！！！」

下手すりゃ物理的に縛られ、拘束される可能性のある未来のどこに幸せを見出《みいだ》せというのだ。

断言する。ありえん。換金ならともかく、監禁だけは絶対に嫌だ！

「そんなことボクに言われても……」

「お願い！ なんでもするから！ 働く以外にできることなら、俺なんだってやるからぁぁぁぁっっっ！！！」

渋る夏純に、俺はひたすら泣きついた。

恥も外聞も知ったことか。

これでバッドエンドを回避出来るというのなら、俺はどんなことでもやる覚悟がある。

「あはははは！ さっすがぁ！ そこまでするとか、やっぱりおにーさん最高ですね！ ルリが見込んだだけのことはありますよ！ あはははは！！！」

そんな俺の切望をまるで知らず、ルリは爆笑していたが、アイツに構っている暇はない。

「…………」

ルリの笑い声が響く中、夏純はその場で足を止めていた。

身動きもしない。ただ眉をひそめ、じっとしている。

なにか考え事をしているのだろうか。だとしたら、それは好機だ。

「なぁ夏純。頼むから……」

俺の懇願を受け、迷いが生じたというのなら、それは交渉の余地があるということ。

ならばと顔をあげ、再度頼み込もうとしたのだが。

「………ねぇ、クズ原くん。今、なんでもするって言ったよね？」

夏純と視線が交錯した。

さっきまでの見下すような冷たい視線とは違う、どこか迷いと困惑が入り混じったような、そんな表情。

「え、それは……」

「なんでもするって、確かに言ったよね？」

念押しするかのように聞いてくる夏純。

まるで今度は本当のことを言っているのかと、確かめているかのよう。

いや、事実そうなんだろう。ここで俺が「違う」と首を横に振れば、すぐにでも猫宮に電話をかけるに違いない。

それだけはダメだ。ここで逃したら、確実にバッドエンドが待ち受けている。

（監禁だけは嫌だ！　絶対に嫌だ!!）

なら、俺に取れる選択肢は事実上、ひとつしかなかった。

困惑しながらも、俺は夏純《かすみ》の問いかけにゆっくりと頷《うなず》く。

「あ、ああ。確かに言ったが」

「なら、ボクのお願い聞いてくれないかな？」

間髪容《かんはつい》れず、そう言ってくる夏純。

「お願い？」

「うん、あのね……」

まるで迷いを吹っ切るかのように、夏純は言葉を続けた。

「ボクのことを、キミに――クズ原くんに、プロデュースして欲しいんだ」

と――。

第３話　俺がルールだ、バニー衣装着ろ

「はぁ……」

ほんの少しだけ肌寒さを感じる夜十時。

人気《ひとけ》のない夜道をひとりとぼとぼと歩きながら、俺はため息をついていた。

「なんだよ、プロデュースって。俺は働くつもりなんてないんだぞ……」

口をついて出る愚痴は、ついさっきまであったある出来事に起因するものだ。

俺はファミレスでたまたま出会った同級生である夏純に弱みを握られ、渋々ながら彼女の頼みを聞くことになっていた。

遅い時間というのもあって、詳しい話は明日聞くことになりその場で解散したのだが、解決したわけじゃない。

むしろ本番はこれから。夏純が俺になにを求めているのかはイマイチピンと来ないが、はっきり言って面倒事になる予感しかしない。

全く。どうしてこんなことになったのやら。

……まぁそうは言っても、原因は分かってる。

この事態を招いたのは、俺自身の脇の甘さだ。

もう少し警戒を強くしていれば、夏純に見られるようなことはなかったはず。

そりゃルリがバラしたからこうなったのは否定しないが、あのファミレスで会うことを指定したのは俺だし、人が入店してきたことに気付いてもいた。

たまたま相手が見知った相手だったというだけで、金の手渡しの現場を目撃されたのは明確な俺の落ち度だ。

だから逆ギレみたいなみっともない真似《まね》をするつもりはないのだが、それでも厄介なことになったことには変わりない。

「今日は徹夜でゲームするつもりだったんだけどなぁ……まったくもって参ったぜ……」

再度ため息をつきながらも、足を止めることはしない。

その場に留《とど》まって考え込んだところで落ち込むだけだし、なんの得もありはしないからだ。

頭の中にいる冷静な自分が、そんなことをするくらいなら家に帰って今後のことを考えたほうがいいと判断している。それにはまったくもって同意であるため、俺は一路家へと向かい歩を進めた。

その後は特に何事もなく自宅付近へと来ることができた。

見知った光景を当たり前のように受け止めながら、ポケットを探り、玄関の鍵を取り出そうとしていたのだが。

「遅かったじゃない、和真《かずま》」

聞こえてきた声に、俺は反射的に足を止めた。

よく見ると、家の前に人影がある。壁に寄りかかるように立っているようだが、街灯に照らされ、ちょうど頭にあたる部分が光を反射しキラキラと輝いていた。

その色は銀色。そんな髪色をしていて、俺のことを和真と呼ぶ人物に、心当たりはひとりしかいない。

「アリサ……？　お前、なんでこんな時間に家の前にいるんだよ」

俺からすれば当然の疑問を幼馴染《おさなじみ》へと投げかけたのだが、アリサは無視した。

何も言わず背を預けていた壁から離れると、こちらに向かって歩いてくるが、まとっている空気がどことなく重い。どうも怒っているようだ。

「おい、アリサ……」

「早く帰ってこいって言ったのに、随分のんびりしていたみたいね」

やがて俺の前で立ち止まると、アリサは顔をあげ、こちらをハッキリ睨《にら》んでくる。

「どこでなにしてたのよ」

「いや、ファミレスで飯を食ってちょっとのんびりと……お前こそ、なんでここにいるんだよ」

「夕ご飯が余ったから、持ってきてあげたのよ。どうせアンタ、明日の朝も適当に済ますつもりだろうと思ってね」

　俺に見せるように、右手をあげるアリサ。

　その手には袋が握られており、確かに俺へのおすそ分けのつもりで持ってきたのだろうことが分かる。

「それは助かるけど、わざわざ俺の家の前で待ってる必要なんてなかったろ。連絡くれたら俺の方から受け取りに行ったのに」

「……アンタって、ホントバカよね。バカ和真」

「えぇ……」

　なんで遅くなっただけで、そんなことを言われないといかんのだ。

　抗議しようとアリサに改めて目を向けたのだが、

「アンタに会いたかったからに決まってるじゃない、そんなことも分からないの」

　赤らんだ顔で、アリサはそう言ってきた。

「俺に……？　いや、でもモールでも会ったし」

「あの時は、雪菜《せつな》もいたじゃない。今はふたりきりになりたかったの……それくらい察しなさいよ」

「お、おう。悪い」

　これまたらしくない素直な物言いに、思わずどもる。

「とにかく、アリサは俺とふたりきりになりたかったんだよな。なんか話でもあったのか？」

「ええ、アンタに聞きたいことがあったの」

言いながら、ずいっと、アリサが一歩距離を詰めてくる。

「お、おい」

「今のアタシ、あの時と違うところがあるでしょ」

「えっと……」

「違いくらい、アタシが言わなくてもアンタならすぐ分かると思うけど」

そう言われても、俺は別に間違い探しの達人じゃないんだがな。

だが、アリサはなにも言ってこない。

ただなにかを期待するような目を向けてくる。

（んー……あ、そういうことか）

それに応えないのも悪い気がして考えるも、すぐに答えはでた。

「髪、いつもの長さになってるんだな」

モールの時はウィッグを着けていたため、ロングだったが、今は普段と同じセミロングだ。

「……ん。そういうこと。やっぱり、アンタは気付くわよね」

小さく髪をかきあげるが、それはアリサが照れた時に見せる癖のようなものだった。

灯《あか》りに照らされた頬は赤らんでいるし、俺の勘違いってわけじゃなさそうだ。

「そりゃな。それで、それがどうしたんだ？」

「ねぇ、和真。アンタって、長い髪のほうが好きだったりする？」

「へ？」

「だから、今のアタシの髪型より、雪菜みたいな長い髪型のほうが好きかって聞いているのよ」

何度も言わせないで。そう言ってアリサは目を背ける。

「いきなりそう言われてもな……」

「いいから。早く答えて」

答えを急《せ》かしてくるアリサ。

どこか焦ってるような物言いに、少し違和感を覚えながら俺は正直に答えることにした。

「じゃあ答えるが、ロングのアリサも確かに良かった。新鮮だったしな」

「……やっぱり」

「だけど、この髪型だって俺は好きだぞ。アリサって感じがするから」

話の途中で目を伏せたアリサだったが、俺は続けて正直な本音を口にする。

「え？」

「まぁアリサはどんな髪型でも似合うと思うけど、個人的には今のほうが好きだな」

「で、でも、あっちのほうが反応良かったじゃない。和真の好みって、実は長い髪のほうなんじゃないの」

「んん？」

なんだろう。やけにつっかかってくるな。

「……違うの？」

「別にそこまで拘《こだわ》りはない。そもそも、こういうのって本人がしたい髪型にするのが一番いいだろ」

俺はあまり気にしないが、髪は女の子にとって命にも等しいと聞く。

価値観の違いというのもあるだろう。

男の俺がとやかく言うことじゃないのは確かだ。

「そうじゃない。アタシが聞きたいのはそういうのじゃないの。アタシは、ただ……」

だが、アリサは違うと否定する。

首を振り、赤らんだ顔で俺を見る。

「和真の本当の好みが知りたいの。それに近づけられればって……和真のこと、誰にも渡したくないから」

そう言うと、アリサは目をそらした。

◇◇◇

「アリサ……」

最後のほうは声が小さくて、ほとんど聞こえなかった。

だけど、なにを言ったのかはなんとなく分かる。

「アリ」

「そう、絶対に渡さない。和真はアタシのモノ。絶対誰かになんて渡したくない。アタシの和真。アタシの、アタシの、アタシの」

が、触れないほうがいいと判断する。

いや別に俺が鈍感だからとかそういうわけじゃない。

アリサの瞳が、なんか濁っていたというか、真っ暗だったというか。

とにかく怖かったからである。

なんなら今もダークネスなヤンデレオーラを若干放ちつつあるし、スルーするのがどう考えても得策だからだ。俺絶対悪くない。

「はぁ、とにかくアタシは和真の好みが知りたいのよ」

そんな俺のベストオブベストな対応もあってか、やがてアリサも落ち着きを取り戻したようだ。

ヤンデレオーラが静かに霧散したアリサに、俺は言葉を投げかける。

「だから俺はあんまり拘りはないよ。本人の好きにするのが一番いい」

「……やっぱ和真って、女の子のこと分かってないわよね。昔からそうだけど、お金にしか興味ないんじゃないの？」

「む。そんなことはないぞ」

確かに俺はお金大好き人間ではあるが、それだけの男だと思われるのは心外である。

「ゲームやバニーだって好きだし、なにより遊ぶことと楽しいことが大好きだ！　あとVtuberへのスパチャとかガチャとか色々なことに俺は興味が……」

「もういい。聞いたアタシがバカだった」

指折り数えて好きなことを挙げていると、何故《なぜ》か頭を抱えるアリサ。

「やっぱアンタってロクデナシだわ。どうしてアタシ、こんなやつのこと好きになっちゃったんだろ……」

なにやらブツブツ独り言も言い出してるし、頭痛にでも襲われているんだろうか。昼間はライブがあったし、やはり疲れているのかもしれないな。

「おい、大丈夫か。家から薬持ってこようか？」

「いい。バカにつける薬なんてこの世にないもの。ああもう、なんで和真がこんなふうになっちゃったんだろ。やっぱり雪菜が甘やかすせいじゃないかしら。最近は他の女の子に手を出し始めたりしてるし、いくら養ってあげるといっても、このままじゃますます和真はダメ人間一直線に……」

心配する俺をよそに、ブツブツとなにか呟《つぶや》き始めるアリサ。

顔がいいから許されるが、傍《はた》から見ると普通に怖い光景だ。

いや、なまじ美人であるだけに、迫力があるとも言える。

「おいアリサ。早く家に帰って休んだほうが」

今は夜も遅いということもあり、人気《ひとけ》がないからいいが、ご近所さんに知られても面倒だ。

だから一度家に帰し、落ち着かせようと思ったのだが。

「監禁、しなきゃ」

「へ？」

アリサがいきなり、変なことを言い出した。

「和真《かずま》をこれ以上ダメ人間にするのは良くないもの。やっぱりアタシが矯正しないとダメなんだわ。そのためには、やっぱり監禁が一番よね。和真を野放しにすると、他の女の子に養ってもらおうとするのはこの前で分かったもの。駄目よ、そんなのは、駄目。和真がこんなふうになっちゃったのは、きっとアタシにも責任があるもの。だからアタシが責任を取って、和真を真人間にしないと。その間に和真がアタシのことを好きになるかもしれないし。ううん、駄目よアタシ。なるじゃ駄目。待ちの姿勢じゃ負けちゃうじゃない。そうじゃない。和真にアタシのことを好きにならせるの。負けるなんて冗談じゃないわ。誰かに渡したりなんか絶対しない。だって、アタシのほうがずっとずっと昔から好きだったもの。なんで好きな男を他の子に譲らないといけないのよ。そんな理由どこにもないし、取られて許せるはずない。取られたって絶対奪い返すだけだけど、そんなことになる前にアタシのものにしてやるんだ。身も心も全部全部アタシだけのものにしてやる。だってアタシがそうなんだから、和真をそうしたっていいわよね？　うん、間違ってない。アタシは間違ってないわ。自分で言うのもなんだけど、アタシって結構一途《いちず》だし、尽くすほうだと思うもの。いろんな男に言い寄られたけど、一度だって心が動いたことなんてないし。ずっと和真だけ見てきたんだから、和真にもアタシだけを見て欲しいって思うの、変なことじゃないわよね？　アタシはこれまで素直になれなかったから、これからは自分に素直になるって決めたんだから。アタシの本音は、和真とずっと一緒にいたいし、ずっとそば

にいて欲しいんだから、そのためにそうするための行動を取るって、当たり前じゃない。なにも悪くなんてない。そうすべきなんだから。和真をクズにしちゃった責任を取って、和真をアタシのものにするのは間違ってなんかいない。うん、そうだ。全然間違いなんかじゃないんだ。むしろ正しいことよね。アタシと和真が付き合うことになるのは、ずっと前から決まってたことなのよそうに決まってるわ。だって和真はアタシの運命の相手だもの。そうでないなら、これまで一緒にいるはずないもの。アタシは自分でも素直じゃないって分かってるし、雪菜《せつな》のほうが愛想もよくて可愛《かわい》いってことも分かってる。でも、和真は譲れない。共有するのは全然いいけど、アタシと雪菜以外の女の子に養ってもらおうなんて、そんなのは駄目。だって、アタシが先に約束したんだもの。アタシが、アタシが先に和真に求められたの。養って欲しいって言われたの。アタシと、ずっと一緒にいたいって、そう言ってくれたの。なら、譲るわけないじゃない。好きな人にこんなに求められて、拒否する女の子なんているはずない。アタシは絶対和真の隣を譲らない。譲るもんか。だって好きなんだもん。仕方ないでしょ。どうしようもないクズだろうと、こんなに好きなんだもの。理屈じゃない。そんなもので、この気持ちを説明出来るはずがない。自分の気持ちにようやく素直になれそうなんだから、それに従って悪いことなんてなにもないじゃない。そう、これからはちゃんと素直になるって決めたんだから。自分にも和真にも、アタシは素直になるの。和真をアタシの、アタシたちのものにしてずっと一緒に暮らすのよ。誰にも絶対渡さない。アタシたちの幸せは壊させない。こんなに好きなんだから、幸せになれないなんてそんなのおかしい。今だって、こんなに気持ちが溢《あふ》れて……和真。あぁすき、かずまぁ……だいすきぃ……」

「あ、あのアリサさん？　さっきからなに怖いこと言ってるんです？」

ハイライトの消えた目で、なにやら恍惚《こうこつ》な表情を浮かべ、なにか空恐ろしいことをブツブツ呟くアリサに、俺はおそるおそる声をかけた。

本当ならヤンデレと化した幼馴染《おさななじみ》から目をそらし、今すぐダッシュして家に閉じこもるべきなのかもしれないが、その選択肢は敢《あ》えて選ぶことはしなかった。

後々のことを考えると、ここでアリサを放置するのは怖すぎるからだ。

ただでさえ嫌すぎる監禁ルートが夏休みからさらに早まるなどという可能性を見過ごすほど、俺だって馬鹿じゃない。こう見えて俺は、夏休みの宿題に早めに手をつけるタイプなのである。

「あ、そうだ。養ってあげるとは言ったけど、子供のことは考えてなかったわ。もっとお金を稼がないと駄目よね。たくさん頑張らないとだけど、そうなると和真を監禁し続けるのはちょっと厳しいかしら。夏休みは稼ぎ時だけど、子供も欲しいし難しいところね……」

「あの、アリサ。ねぇアリサ。俺の話聞いてる？　てか聞いて？」

だが、俺が勇気を奮い立たせたところで向こうにその気がなければ意味がない。

俺の呼びかけが届いていないようで、アリサは完全に自分の世界に入っていた。

それも明らかに危険な方向に思考がエスカレートする方向で。俺の第六感が、このままではマズいとハッキリと告げてくる。

「そうなるとたまきあたりに頼んで監視も……」

「くっ、落ち着けアリサ!!」

もはや言葉での説得は不可能と判断した俺は、次の瞬間アリサを思い切り抱きしめていた。同時に、服越しに柔らかい感触が伝わってくる。

焦っていたため、思っていた以上に力強く引き寄せてしまったらしい。

もっともそれだけのことをした効果はさすがにあったようで、アリサは目をしぱしぱさせていた。黒いオーラも、すでにどこかに吹き飛んでいる。

「か、和真……？」

「落ち着けってアリサ。俺はここにいる。お前がなにに焦っているかは分からないけど、俺はちゃんとお前のそばに、ここにいるよ」

言いながら、俺は左手でアリサの頭をそっと撫《な》でた。勿論《もちろん》右手はアリサを抱きしめたまま。

アイドルに対してしていい行為ではないことは百も承知だったが、俺だって命は惜しい。

「言いつけ守らなくてごめんな。もっと早く帰ってくるべきだったよな。アリサは俺のこと心配してくれていたってのに」

「和真……」

「俺って、ホントダメなやつだよな。自覚はあるんだ。アリサに頼ってばかりだって。そんなのは良くないって、直さなきゃいけないってことも、ちゃんと分かってる」

目を伏せる。反省していることを伝えるためのアピールだ。

頭を撫で続ける手は止めず、だけど僅かに震わせる。これも勿論演技である。

長年の努力で得たスキルだったが、俺の偽りの想《おも》いはアリサにはしっかり届いたらしい。

「…………」

無言で見つめてくるアリサ。

肩口から俺の顔を覗《のぞ》き込む瞳は、明らかに揺れていた。

それが動揺によるものなのか、あるいは困惑しているのか。それは分からない。だけど、どちらでもいい。心が揺らいでいることに変わりはない。

「でも、さ……どうしても、ダメなんだ。分かってるんだけど、ダメなんだよ」

「ダメって……？」

俺の言葉に、アリサが反応した。

釣れた。食いついた。

その事実を前に、俺は内心ほくそ笑んだ。

ようやく巡ってきた好機。

それを逃す俺ではない。

畳み掛けるべく、口を開いた。

ここだ。ここで、主導権を我が物にする。

「こんな俺でも、アリサなら許してくれるんじゃないかって考えが、どうしても捨てきれないんだ。俺の心の中にいるアリサが、こんな俺でもいいんだって、そう言ってくれるんだよ」

「和真の中の、アタシが……？」

「ずっと昔から、アリサに面倒を見てもらってるからかもしれない。アリサなら、どんな俺でも受け入れてくるんじゃないかって、思ってしまう俺がいるんだ。情けないよな……」

自嘲しながら、俺は両手をぶらりと下に落とした。

分かっていても、どうしてもアリサに頼ってしまう。俺にはアリサが必要なんだ。

言葉にはしなかったが、そう思っていることが伝わるであろう俺の行動に、アリサはどんな反応を示すのか。

「……馬鹿ね、アンタは」

その答えはすぐに出た。

だらりとうな垂れる俺の背中に、アリサの両手が回された。

「ホント、和真はダメなんだから。女の子にそんな顔を見せるなんて、男の子失格でしょ。もっとシャンとしなさいって、いつも言ってるじゃないの」

「……悪い」

「いいわよ。いつものことだもの」

コツンと、肩にアリサの額が当たるのを感じた。

アリサは下を向いていて、その表情は分からないが、口調はひどく穏やかだ。

「和真は本当に、アタシがいないとダメなんだから」

まるで悪いことをした子供を許すような、包容力が確かにあった。

（いよっしゃあああああああああ！　セーフ！　俺の勝ち！　バッドエンド回避だあああああああああああ！！！）

そしてそんなアリサの態度を見て、俺は内心雄叫《おたけ》びをあげていた。

(YES！　めっちゃYES！　勝った！　俺はヤンデレに勝ったんだ！　葛原《くずはら》和真大勝利！)

自分の口の上手《うま》さに惚《ほ》れ惚《ぼ》れする。

こんなにあっさりと幼馴染のヤンデレ化を阻止し、フラグを折った男は過去にいないのではないだろうか。

やはり俺は持っている男。そうだ、なにも恐れる必要なんかない。

今日はルリや夏純《かすみ》のことも含め色々あったが、神に愛されしこの俺なら、どんな困難だろうと必ず乗り越えることができるだろう。

「スンスン、スンスン。和真の匂いがする……あれ？　この匂い……」

確信を得て満足している俺だったが、アリサがまだ下を向いたままだったことにふと気付く。

「ん？　どうしたアリサ」

「ねぇ、和真」

なんにせよ、もう危機は去ったのだ。なにも問題はないだろう。

高揚した気分のまま、笑顔で話しかけたのだが、

「和真の服から、他の女の匂いがするんだけど、どういうこと？」

そこには再びハイライトの消えた目で俺を見上げる、幼馴染がいた。

「…………」

あ、やっべ。

危機、全然去ってなかったわ。

◇◇◇

「ねぇなんで女の匂いがするの？　どういうこと？　ファミレスにいるって言ってたけど、嘘《うそ》ついて女の子と会ってたっていうこと？」

早口で、だけど感情の籠っていない淡々とした口調で詰め寄ってくるアリサに、俺は内心冷や汗をかいていた。

な、なんでバレた？　女の匂いとか言ってたが、服に香水の匂いが移っていたのか？

いや、それなら俺だって気付いたはず。アリサだけが分かるなんて、そんな漫画みたいな展開そうそうあるとも思えないが……。

「今日はアタシのライブだったのに、なにしてんの？　この前アタシが一生養ってあげるって言ったばかりなのに、まだ足りないの？　そんなにアタシに養われるのが嫌なわけ？」

「お、落ち着けよアリサ。ほら、冷静になろうぜ。な？」

「アタシは落ち着いてるわよ。ひどく冷静に考えを巡らせてるわ。どうやってそのことを、和真《かずま》から吐かせようかってこともね……」

底冷えする声とともにアリサから底なし沼のようなダークな瞳を向けられ、俺は思わず「ひぇぇ」と小さく悲鳴を上げていた。

怖いというより恐ろしい。ここまで恐怖を感じたのは、この前ヤンデレ化した幼馴染ふたりに監禁されかけた時以来だ。

「さぁ言いなさい和真。アンタ、誰といつどこでナニを……」

「いやいやいやちょっと待て！　俺が女の子と会ってたとか言ってるけど、そんなわけないだろ！」

さらに踏み込んで聞いてこようとしてくるアリサに待ったをかける。

女の勘とでもいうべき鋭さを見せてくる幼馴染に、もはや俺は悪い予感しかしなかった。

「匂いがしたって言ってたけど、それは多分ライブを見に行ったときのやつじゃないか？　人も多かったし、すれ違ったときにでもうつったんだろ。俺は着替えてもいないからきっとそう……」

「それはないわ」

取り繕うように放った俺の言葉を、アリサは一言で切って捨てた。

「え」と思わず声を漏らすが、そんな俺を無視して再び服に顔を埋《うず》め、

「クンクン……うん、やっぱりそう。匂いが新しいわ。絶対ライブの時からの鮮度じゃない」

「せ、鮮度？　新しい？」

聞き慣れない単語を耳にして、俺は思わず訝《いぶか》しむ。

自信ありげに断言してるが、警察犬でもあるまいし、匂いの鮮度とか分かるもんか？

困惑する俺をよそに、アリサはますます顔を近づけ、鼻を擦《こす》りつけるように匂いを嗅ぎ続けている。

プニプニ。プニプニ。

「…………」

するとまぁ当然というか。

お互いひどく密着することになるわけで。

「絶対ついさっきついた匂いよこれ。それも相当至近距離でくっついてるわね……ん？　ひとつじゃない……？　もうひとり誰かと会ってた？　でもこの匂い、どこかで……」

「あの、アリサ。そのさ」

「なによ、もう少しで誰か分かるところ……」

「その、実はさっきから色んなところに色んな部分が当たってたりするんだが」

具体的には柔らかいあれこれが、俺の胸に押し当てられる形になってたり。

「…………へ？」

俺の指摘を受けたアリサは、ここでようやく動きを止めた。

それから数秒。あるいは数十秒だろうか。

固まったまま視線だけを動かし、自分と俺を交互に眺め、やがて顔を真っ赤にすると、
勢いよく俺を突き飛ばした。

「うわっととと。あっぶね」

「〜〜〜っっっ！！！　バカ！　変態！　アホ和真！　最っ低！！！」

バランスを崩されたたらを踏む俺に、暴言を吐きつつ去っていくアリサ。

耳まで真っ赤だったあたり、相当恥ずかしかったのだろう。

純というか、ウブというか。

個人的にはバニー衣装を着るほうがよほど恥ずかしいと思うんだが、なんにせよ今はアリサのそういうところに助けられたことに変わりはない。

「まぁ一旦危機は回避できたとして……どうすっかなぁこれから。アリサもあの調子だと、きっと後でまた色々言ってくるよなぁ」

思わずため息をついてしまうが、とりあえずこうしていても仕方ない。

明日からやることは色々あるのだ。考えをまとめるためにも、今はとりあえず休みたい。

そんなことを考えながら、俺は玄関の中へ入ると扉を閉めたのだった。


「………ふぅん。カズくん、またなにか考えてるんだ。カズくんは私のものなのに、隠し事とか、良くないと思うよ。ふふふふ……」

後ろにアリサに負けないくらいの負のオーラを放っている幼馴染《おさななじみ》が立っていることに気付かないままに。

◇◇◇

迎えた翌日。

時計の針が午前十時を過ぎた頃、我が家のインターフォンが鳴らされた。

本来ならまだ寝ている時間帯であったが、俺はその音にすぐに反応し玄関へと向かい、ドアを開ける。そこにいたのは予想通りの人物だった。

「よう、おはよう夏純。よく来たな」

「あ、うん。おはよう、クズ原くん」

軽く挨拶すると、向こうも挨拶を返してくる。

昨日から引き続き私服姿の夏純を見ることになったが、着飾っているわけでもないラフなファッションだ。

別に気合を入れてきて欲しかったわけでもないから問題ないし、彼女には似合っていると思う。

「早くから呼び出して悪かったな。今日は雪菜《せつな》たちに朝から仕事が入っているみたいだったからさ」

「いや、まぁうん。それはいいんだけど……」

言いながら、夏純が口ごもる。

なるべく明るく話しているつもりだったが、どうも反応が芳しくないようだ。

胡乱《うろん》げというか、まるで有り得ないものを見たかのような表情をしている。

警戒でもしているんだろうか？

「えっと、話が長くなりそうだったから家でしたほうがいいかと思ったんだが。やっぱ俺んちに呼んだの、迷惑だったか？」

「……いや、ていうかさ」

「ん？　どうした？」

「あのさ。後ろのふたり、なに？」

指差す夏純に釣られるように振り返る。

するとそこには、抜群のプロポーションを惜しげもなく披露した、赤と青のふたりのバニーガールの姿があった。

「なにって、見ての通りアイドル級の美少女バニーガールがふたりいるだけだが？」

「どうもー。カワイイアシスタントアイドルのレッドバニーちゃんでーす♪」

「同じくカワイイアシスタントメイド、ブルーバニーさんでございます」

「あ、これはどうもご丁寧に……ってそうじゃないでしょ!?　なんでバニーさんがクズ原くんの家にいるの!?」

笑いながら手を振るルリと、無表情で頭を下げる姫乃《ひめの》。そんなふたりを見て驚く夏純。

三者三様の反応を見せていたが、俺からすればルリと一之瀬《いちのせ》のバニーガール姿はまったくもって眼福な光景だ。

どちらもアイドル級の美少女とあって容姿もスタイルも圧倒的だしな。

少なくともこのふたりを目にして気分が悪くなることなんて、俺にはありえん。

「そりゃ我が家の門をくぐった美少女はバニーガールになるという掟《おきて》があるからだ」

「どういう掟!?　クズ原くんの家どうなってるの!?」

「現在両親は海外に出張していてうちにいるのは俺ひとりなんでな。よって俺がルールだ。

誰にも文句は言わせん」

「マイルールかよ！　もうちょっと自重しなよ！　親が帰ってきたら怒られるよそれ！」

「ちなみにルリは面白そうなので来ました！　ちなみにバニー衣装はカワイイから着ました！　カワイイは正義なので！」

「わたしはご主人様から呼び出されたので、お嬢様の看病を放《ほ》ったらかして参上しました。ちなみにこの家ではメイドはバニー衣装を着るものだと言われたので着ております。いぇーいお嬢様見てるぅー？」

「キミらはキミらで自由すぎだろ！　なんでそんなに楽しそうなの!?　訳分かんないよ!?」

割って入ってきたふたりにツッコミを入れる夏純《かすみ》。

実にナイスなタイミングで紹介をしてくれたふたりに感謝しつつ、俺は持ってきていた一着の衣装を前に掲げた。

「というわけで、夏純もこのイエローのバニー衣装を着てくれ。三色バニーを揃《そろ》えたいからな。きっと似合うぞ？」

「なにが『というわけ』だよ！　着ないよ！　あんな話の流れで着ると思ったのかよ！　馬鹿じゃないかキミは！」

「だが着ないということは美少女じゃないということになるぞ。それでいいのか？」

「よくないよ！　ないけど、どんな判別方法だよ！　美少女だったらなんでバニー衣装着ないといけないんだよ！　相談しに来たらバニー衣装着ることになったとか聞いたことないよ！！！」

ぜぇぜぇと息を吐きながら、まくしたてる夏純。

むぅ、駄目か。ルリはこれでイケたんだがなぁ。

見た目はギャルだというのに常識的なやつである。

中々ツッコミがキレているし、もう少し頭を使って攻めるべきかもしれないな。

「なんだ。お前、自分を美少女だと思ってないのか？　安心しろ。夏純はちゃんと美少女だよ。俺が保証する」

「い、いきなりなにを……」

「実際可愛《かわい》いと思うぜ？　そう、クラスで言うと……」

言いながら、俺はクラスメイトたちの顔を思い浮かべた。

アイドルである幼馴染の雪菜とアリサ。お嬢様の伊集院《いじゅういん》。メイドの一之瀬。それに猫《ねこ》宮《みや》や委員長、永見《ながみ》といったクラスメイトの女の子たち。

様々な女の子たちが、脳裏に次々と浮かんでは消えていく。

「………あー」

皆が皆、一様に美少女だった。

というか、ほぼ美少女しかいなかった。

我がクラス、やたら美少女多すぎである。顔面偏差値バリ高い。

「ク、クラスで言うと？」

「クラスで言うと……」

難しい。実に難しい問題だった。

美少女は美少女なのだ。優劣をつけるのは、あまりに難問であると言わざるを得ない。

「ク、クラスで言うと……！」

だが、一度口にした手前、答えは出さなければならないのもまた確か。

どこか期待した目で俺を見てくる夏純に、俺は覚悟を決めて告げた。

「うん。夏純、お前はうちのクラスでは五、六番目くらいに可愛いと思うぞ。良かったな！　やったね！」

「殺すぞ」

出した結論を口にした途端、俺は胸ぐらを摑《つか》まれた。

◇◇◇

「え、あの、か、夏純さん？」

「おいこらなんだもっと言い方ってもんがあるだろうが。ギャル舐《な》めんじゃねーぞ」

夏純はキレていた。

そりゃもう、ものの見事にキレていた。

額に血管が浮かぶのが見て分かるくらいにガチギレしており、ハッキリ言ってかなり怖い。

「えっと、なんか怒ってるみたいだけど、俺なりにちゃんと褒めてるつもりなんだぞ？」

「それで喜ぶと思ってんのか！　クラスで五、六番目って微妙すぎるだろ！　全然嬉《うれ》しくないんだよ！」

「いや、だってホラ。まずうちのクラスには雪菜とアリサがいるじゃん？　あいつら現在進行形で人気アイドルだし、基本誰が可愛いかって話になったらまず名前が挙がるのはあのふたりだろ」

雪菜たちの名前を出すと、さっきまでとは一転、怯《ひる》んだ様子を見せる夏純。

「ぐっ、そ、それは……」

「この時点で一番二番が埋まる。で、三番目となると伊集院か一之瀬のどちらかだ。伊集院は変人だけどなんだかんだでかなりの美人だし、一之瀬も負けず劣らずの美少女なのは間違いないからな」

途端、後ろで「そんな、ご主人様。可愛いだなんて……」なんて声が聞こえてきた気がするが、今回はスルーさせてもらう。

「なにより、このふたりにはお嬢様とメイドという属性が付いている。アイドルの肩書きほどじゃないが、まず大抵の美少女じゃ太刀打ちできない属性だ。転校生のふたりでさらに三番目と四番目の枠が埋まるから、猫宮や夏純たちが五番目以降になるのはしょうがないんだよ。分かるだろ？」

「ギャ、ギャルだって負けてないだろ！　人気属性だし、ボクはオタクにだって優しいつもりだぞ！」

冷静に諭したつもりだったが、夏純は食い下がってくる。

「まぁ確かにオタクに優しいギャルは強いな。それは否定するつもりはない」

「だろ!?　だったら……」

「でもさ。悪いけど、そのギャルって属性、ツンデレのアリサと微妙に被《かぶ》ってるんだよね」

「かぶっ!?」

「あと雪菜は普通にオタクに優しいし、そこの強みも被ってるな。まぁ要するに……キャラが弱いんだよ、お前」

「キャラが弱い!?　そこまで言う!?」

よほどショックだったのだろう。

俺の言葉を受けて、驚愕《きょうがく》に目を見開く夏純。

「そもそもギャルがボクって言ってる時点で食い合せが悪い。ぶっちゃけボクっ娘《こ》ギャルとか需要あんまなさそうだしな」

「ぐ、ぐぐぐ……」

「だが、そんな夏純に朗報だ。ここにバニーガールの衣装がある。これを着れば、瞬く間にボクっ娘ギャルバニーにジョブチェンジだ。すぐにキャラが強くなるぞ」

もう一度バニー衣装を眼前へと掲げる。

先ほどは拒否されたが、今の夏純の目に否定の色はない。

むしろ必死な様子さえ窺《うかが》えるくらい焦っていることが伝わってくる。

「ほ、ほんとに？　バニーさんの衣装を着れば、ボクもキャラが強くなるの!?」

「ああ、勿論《もちろん》だとも。間違いなく強くなるぞ。バニーはとても強い属性だからな。いや、最強と言っても過言ではない」

「最強。バニーは最強。バニーになれば、ボクも即《すなわ》ち最強に……？」

もはやまともな思考をする能力は残っていなかったのだろう。

ぐるぐると目を渦巻かせる夏純の言葉に、俺は力強く頷《うなず》いた。

「なれるさ。何故《なぜ》ならバニーだからな。天は人の上にバニーを造らず、バニーの下に人を造らず。昔の偉い人も、バニーをそうたとえていたんだよ」

無論、大嘘《おおうそ》である。

んなことをのたまう偉人なんざいるはずないが、こういう時に大事なのは勢いと、なんかそれっぽく聞こえる説得力のある言葉だ。

迷いは決して見せてはいけないことを、俺は経験からよく知っているのである。

「天は人の上にバニーを造らず……」

「そして、バニーの下に人を造らずだ。バニーは人権属性。古典にもそう書いてある」

重ね重ね言うが、そんなん書いてるはずがない。

だが、夏純はどうやら納得してくれたらしい。

フラフラとした足取りで近づいてくると、俺の手からバニー衣装を受け取った。

「着る！　ボク、バニー衣装を着るよ！　そしてキャラを強くするんだ！　人権キャラに、ボクは成る！」

「よし、交渉成立だ。一之瀬、悪いが夏純を居間まで案内してくれるか？　着替えたら、俺の部屋まで来てくれ」

「かしこまりました」

「やってやるぞぉっ！　うぉー！」

一之瀬はうやうやしく頭を下げると、叫ぶ夏純の手を取り先導していく。

俺の意図を察してくれているのだろう。

考える隙を与えない、実にスムーズで手際のいい動作だった。

「ふー、いやあ、いい仕事したなぁ」

「おにーさん、無駄に口が上手《うま》いですね。さすがです！」

「ふっ、そう褒めるなよ。なにも出ないぜ？」

ドアの向こうへと消えていくふたりの背中を見送りながら、俺はケラケラと楽しそうに笑うルリとともに、二階にある自分の部屋へと向かう。

それから、約十分後。

「ふざけんなコラァッ！」

冷静さを取り戻したギャルバニーが、俺の部屋のドアを蹴り破り、勢いよく怒鳴り込んできたのであった。

◇◇◇

「どうしたいきなり。人の部屋で騒ぐなんて行儀が悪いぞ」

「あ、ごめん……じゃなくて！　なんでボクはバニー衣装なんて着てるのさ！」

「なんでって、そりゃ自分で着たからだろうが。よく似合ってるぞ」

「そんなこと言われても嬉しくないよ！　むしろいつの間にか着ていた事実がとにかく怖い！　こんなの一種のホラーじゃないか！　どうなってんだよ！」

肩をいからせてまくしたててくる夏純《かすみ》だったが、バニーガール姿だとどうにも迫力に欠けると言わざるを得ない。

肌にピッタリと張り付いてる黄色のバニー衣装が身体《からだ》のラインをくっきりと浮き上がらせているし、俺からすればただただ眼福な光景である。

「ちょっ、なに見てんだよぅ。そんなに見るなよぅ」

俺の視線に気付いたのか、恥ずかしそうに身体を隠す夏純だったが、生憎《あいにく》ともう遅い。

そのバニーガール姿はこの目にハッキリと焼き付けたからな。やっぱりバニーは最高だぜ。

「やっぱりバニーは最高だぜ」

大事なことなので二度言った。

気持ちを口にすることは決して恥ずかしがることではないのである。

「い、言わなくていいから！　くそぅ、こんな恥ずかしい衣装着るつもりなんてボクにはまったくなかったのに、なんでこんなことになってるんだよぅ。絶対おかしいだろ！」

「そう言われてもなぁ。夏純が着替えることに同意したのはルリも見てただろ？」

とはいえ、このままでは話が進まないのもまた確か。

俺はベッドにバニーガール姿のまま寝そべりながら漫画を読んでるルリに話を振る。

「ん？　ああ、はい。バッチリハッキリ見てましたよ。夏純センパイはこれでキャラが強くなるって喜んでましたねー」

「わたしも見ておりました。夏純様がご主人様に同意して着替えたことは間違いないないかと」

いつの間にか部屋に来ていた姫乃《ひめの》も、ルリの言葉に同意する。

あっという間に三対一の構図が生まれたわけだが、こればっかりは仕方ないだろう。

ここは俺の家。即ちホームグラウンドであり、家主である親父《おやじ》がいない現在は俺がこの一国一城の主《あるじ》であり王だ。

俺の国に呼ばれたからとホイホイやってきたわけだから、我が家のルールには従って貰《もら》わないといけない。

恨むならあまりにチョロかった自分自身を是非とも恨んで欲しいものだ。

「そ、そんな……ルリちゃんに一之瀬《いちのせ》さんまで……」

自分と同じ格好をしたふたりのバニーに否定され、慄《おのの》く夏純。

もはやこの場に自分の味方になる人物はいないと悟ったのだろう。

そんな可哀想《かわいそう》な同級生の肩に、俺は優しく手をかけた。

「さて、これで言質《げんち》は取れたな。俺以外からもこう言われたら否定のしようもないだろ。夏純の意思でバニーガールになったということで間違いないってわけだ」

「う、ううぅぅ」

「だっていうのに、お前は俺のせいにしたよな？　キャラが弱いことを気にしていたようだから、ちょっと助言してやったっていうのにサ」

「そ、それは」

「俺って信用ないんだなァ。悲しいなァ。こんなんじゃ、相談に乗ったところで意味ないんだろうなァ」

一度言葉を句切る。

そして、

「相談に乗るの、やめたほうがいいかもなァ」

「え、そ、そんな!?　こ、困るよそんなの!?　ボク、本当に困ってるんだ！　相談できるのは、クズ原くんしかいないんだよ！」

大げさにため息をつく俺を見て、慌てる夏純。

さっきの行動で分かったことだが、やはりコイツは予想外の出来事が起こると露骨にテンパる癖がある。

そうなると思考停止に陥るのか、こちらの誘導に容易《たやす》く乗ってくれることも理解した。

要するにこのギャルは、とってもチョロい子の可能性が高い。その確信を得るべく、俺は夏純に質問してみることにした。

「でも、バニーでいるの嫌なんだろ？」

「そんなことないよ！　ボク、実はバニー大好きだったんだ！　いくらでも着られちゃうもん！　ホラ、ギャルバニーだぴょん！　ぴょんぴょん！」

目をぐるぐるさせ、ヤケクソ気味で飛び跳ねる夏純を見て、俺は内心笑みを浮かべた。

もう間違いない。

この状態の時の夏純は、人の話にノリやすい。というか、乗せやすい。

（コイツ、使える……！）

それが分かっただけでも大収穫だ。

相談内容にもよるが、高い確率で夏純を味方につけることが出来る可能性が出てきたことが、俺の心を躍らせる。

幼馴染《おさなじみ》たちによる監禁を防ぐための味方が、今はひとりでも欲しいところだからな。

クラスメイトであり、アリサの友人である猫宮《ねこみや》のグループに所属していることも、俺にとっては大きなメリットだった。

「うむ、実にいいバニーさんっぷりだ。ナイスだぞ、夏純」

「あ、ありがとぴょーん！」

「やっぱりバニーって素晴らしいなぁ。相談の後で撮影会もしたいんだが、構わないよな？」

「も、もちろんだぴょーん！　もうどうとでもなれぴょーん！」

うんうん、実にいい返事だ。

俺は希望が見えた事実と、トリプルバニーの撮影が出来ることに胸を躍らせながら、飛び跳ねる夏純をしばし見つめ続けるのだった。

◇◇◇

「さて、バニーさんも満喫したし、そろそろ真面目に話を始めるとしますかね」

ひと通り同級生のギャルバニーを鑑賞した後、俺は話を切り出すことにした。

冷静になって考えると、わざわざ貴重な休日を利用しているわけだし、これ以上時間を浪費するのは良くないからな。

「はーい」

「ご主人様がそう仰《おっしゃ》るならば」

「ボクは初めから真面目な話をするつもりで来たんだけどね！」

赤青バニーは元気に頷いてくれたのだが、女の子座りで床に座る黄色バニーだけは、何故か不満げな顔で俺を見てくる。

「まぁ細かいことはいいだろ。俺としては夏純にバニー衣装を着せることが出来て満足できたしな」

「よくそんなことを堂々と言えるね……欲望に忠実すぎてボクはもうドン引きなんだけど」

「さて、確かプロデュースがどうとか言ってたな。それってどういう意味なんだっけ？」

「あ、スルーするつもりだなコイツ。話聞けよ」

ジト目でこっちを見てくる夏純を、俺は敢《あ》えて無視した。

しばし視線を合わせずにいると観念したのか、夏純はため息をつくと、どこからともなくスマホを取り出した。

「はぁ、まぁいいや。とりあえずさ。これを見てくれるかな」

少しの間画面を操作すると、こちらに向けて見せてくる。

言われるままに覗《のぞ》き込むと、

『お金大好き大天使！　エンジェル☆カスミンの動画を見に来てくれてありがとー！　まだまだ再生数は少ないけど、皆からお金をたくさん搾取できるよう、カスミン頑張っちゃうからね！』

「……なんだこれ」

そこには天使をモチーフにしたような、ＣＧで動くキャラクターが可愛《かわい》くポーズを決めている姿が映し出されているところだった。

「もしかして、Vtuberの動画か？　言ってること随分ゲスいな」

てかこのキャラ、ちょっと見覚えがあるような気がする。

引っかかるものを感じ、思い出そうとした矢先、

「ご主人様、Vtuberとはなんでしょう？　この動いているキャラクターの名前ですか？」

「ん？　なんだ、一之瀬はVtuberを知らないのか」

一之瀬がそんなことを聞いてくる。

「ええ、普段は家事などで忙しいですし、お嬢様から入ってくる知識は『ダメンズ』に関するものばかりでしたので」

「ああ、なるほど」

そう言われて納得する。

確かに興味がなければ知らなくても無理はないか。

伊集院《いじゅういん》は『ダメンズ』のオタクではあるが、あくまで推しているのは生のアイドルだしな。

意識がそれたせいでモヤモヤは残ったままだが、答えないわけにもいかないし、とりあえずかいつまんで説明することにした。

「そうだな。Vtuberっていうのは分かりやすくいえば、二次元のキャラクターを使って配信や動画投稿をしている人たちの総称だ。女性の場合は大抵美少女にデザインされたアバターを用いて活動するのが特徴だな」

「アバター、ですか」

「ああ。キャラに応じてそれぞれ設定があって、それに準じた演技をするタイプも多いんだ。そういう意味では、Vtuberも一種のアイドルと言えるかもな」

登場当初の黎明期《れいめいき》は懐疑的な目も多く向けられていたそうだが、時間が経《た》つにつれその存在は広く知られるようになり、現在では登録者百万人を超えるなど、多くのファンを抱えるVtuberも少なくない。

『ダメンズ』が現実に存在するアイドルだとしたら、Vtuberは実在しない架空のアイドルだ。

いや、偶像という意味では、こちらのほうが本来のアイドルにむしろ近いのかもしれない。

「ふむ、そういうことですか。教えてくださりありがとうございます、ご主人様」

「納得したか？」

「はい。ですが、何故《なぜ》わざわざそのようなことをするのでしょう？　見たところそれなりに手間がかかりそうですし、本人が直接動画に出演すればいいだけでは？」

不思議そうにウサミミごと首をかしげる一之瀬だったが、それは答えられない質問じゃあない。

「確かに初期投資で費用もかかるようだが、メリットもある。身バレといったリスクを極力避けることが出来たり、炎上した場合の被害を抑えることができたりとかな。アバターが防波堤になり防ぐ役割を担ってくれるってわけだ」

一之瀬の疑問は至極もっともなものだったが、今はどこから身バレするか分からない時代だ。

ネットで特定もされやすかったりするから、リスク管理という意味では十分アリだと俺は思う。

「役割……なるほど……」

「他にも単純に顔出しを嫌う人もいれば、アニメが好きだからキャラクターを用いたいって理由の人もいるはずだ。ま、それぞれ事情があるってわけだな」

「ルリからすれば素直に顔出しすればいいと思うんですけどねー。カワイくておっぱい大きくてトークもゲームも上手でなんでも出来れば、マシロセンパイみたくアイドルとしてデビューできるかもですし」

「それはそれで結構な特殊例だろ……」

『ダメンズ』のリーダーであるマシロはネット配信経由でスカウトされたみたいだが、

ぶっちゃけあそこまで全て兼ね備えている人間はそうはいない。

とてもじゃないが参考にならないし、あくまで例外だと考えたほうがいいやつだ。

「てか、マシロってゲーム上手《うま》いの？　あんまりそういうイメージなかったんだが」

「アイドルになる前はよく配信でやってたみたいですよ。今は『ダメンズ』の活動に専念したいし炎上対策も兼ねて、アカウントは消したって聞いてます」

「へぇ、ちょっともったいないとも思うが、そりゃ賢い選択だな」

過去のSNSでの発言を取り上げられて炎上するという話はたまに聞くし、先手を打って対策するのは素直に賢いと言える。

そういった意識がしっかりしてるのは、さすが人気ユニットのリーダーといったところだろうか。

「あ、でもたまに息抜きにフレンドとゲームやってるとは聞いて……」

「あの、ちょっといいかな」

夏純《かすみ》が割り込んできたのは、姫乃《ひめの》との問答にひと区切りがつき、ルリと会話をし始めていた時のことだった。

「ん？　どしたよ」

「ボクさ、動画見てって言ったよね」

声が微《かす》かに震えている。

どうも怒っているかららしい。

「なんで誰も見てないの！　今すっごくいいとこなのに！」

「え、なんでって……」

夏純はスマホを指さした。

釣られるように画面を見ると、先ほどのVtuberがテンション高く声を張り上げている最中だった。

『えーとね、今からメ◯トスコーラ飲んじゃいまーす！　それもね、なんとタダ飲むんじゃありません！　鼻から飲んじゃいます！　スッスッ！　いくよ、ボクの頑張りを見て昇天しながらお布施しなさいぐふぉぇえあっ!!』

Vは盛大にむせていた。

画面の向こうで、ただひたすらに苦しんでいるようだった。

「………」

「おお、身体《からだ》張ってる！　すごい、撮れ高抜群だよこれ！　頑張った甲斐《かい》があったなぁ！」

俺たちは無言だった。

ただ夏純だけは、画面を食い入るように見つめていた。

白けた雰囲気を漂わせ始めた俺たち三人。そんな俺たちに気付かない夏純。

彼女は目を輝かせて振り返ると、

「どう、この動画！　すっごく面白いよね!?」

「「いや、全然。めっちゃつまんないよこれ」」

そんなことを聞いてきたので、俺たちはバッサリぶった切ったのだった。

◇◇◇

「…………え、ホントに？」

たっぷり一分ほど経っただろうか。

夏純の問いかけを首を振って否定した俺たちだったが、それを受けた夏純はものの見事にフリーズしていた。

「嘘《うそ》をついてどうするよ」

「いや、こう、見間違いだったり……」

「見間違いだったほうがマシな内容だったかと」

「ルリ、面白いことは大好きだけどつまらないのは嫌いなんですよねー。時間返してくれません？」

「辛辣すぎる！　もっと歯に衣《きぬ》着せて話せよぉっ！」

目に涙を浮かべて憤る夏純だったが、そんなことを言われてもな。

「忖度《そんたく》なんてする意味ないだろ。この場にこの動画を投稿したVの中のやつがいるってならまた別だがな」

「あはは。いたらルリの配信見せてあげますよぉ。センスの違いってやつを分からせてあげます！」

「つまらないのは確かですので、少なくとも勉強し直してきたほうがいいでしょうね。芸人学校に入ることをオススメしたいところです」

「…………」

それぞれ忌憚《きたん》なき意見を述べる俺たち。

露骨に押し黙る夏純。

よく見ると、肌に冷や汗も浮かんでる。

「おい、なんで黙るんだ……まさかとは思うが、もしやお前」

明らかな過剰反応を示す夏純に、さすがの俺でもピンとくるものがあった。

だが、それを指摘するより先に、夏純はガバッと顔をあげると、

「ああ、そうだよ！　ボクだよ！　このつまんない動画を投稿したのはボクだ！　悪いかこらぁっ！！！」

そんなことを一気にまくしたたててくる。

目もグルグルしているし、完全な逆切れだ。

「悪いとは言ってないけど……」

「つまらない動画を見せてきたことへの文句は言いたいですねー。むしろルリたちのほうが怒っていいんじゃないです？」

「このメ○トスコーラ？　というのはよく分からないのですが、わざわざこのぶいちゅーばーという姿でやる必要があるのですか？　コーラも映っておりませんし、ただひとりでむせてる音声だけを聴かされても、反応に困るというのが正直な感想です」

「淡々と言わないでよ！　ボクはキレてんだぞ！　ちょっとは動揺しろよ！　キミらは肝太すぎか！」

「そら人の家で堂々とバニーガールになっても全く気にしてないふたりだからな。図太いのはそらそうだ」

見れば分かる程度には、当たり前の話である。

「いぇーい。アイドル業界の闇を知ってるこのルリには、この程度の逆ギレなんて無意味でーす」

「伊達《だて》に長年理不尽の権化のようなお嬢様に仕えておりませんので。ぴーすぴーす」

「そうだった！　ここにまともな人は誰もいないんだった！　ちくしょうっ！」

頭を抱える夏純だったが、その言い草は全くもって失礼だ。

「そんなことを言うんじゃない。少なくとも、俺はまともすぎるくらいまともな人間であるという自負があるぞ」

「人にバニー衣装に着替えさせておいてそれ言う!?　むしろキミが一番まともじゃないんだけど!?」

「お前がどう思おうが勝手だが、そんなまともじゃないと思ってるやつに、わざわざ相談しに来るのはどうなんだって感じだけどな」

俺の指摘に、「んぐっ!?」と呻《うめ》いて押し黙る夏純。

図星を指されたと思ったのかもな。

なんにせよ、黙ってくれているならこっちにとっても都合がいい。

「はぁ。とりあえず確認するぞ。今画面に映っているVの中身は夏純で、この動画を投稿したのもお前。その認識であってるよな?」

問いかけると、夏純はコクリと頷《うなず》いた。

「そうか。てか今思い出したんだが、このVって俺が前にスパチャ投げてたやつなんだよな」

「え!?　そうなの!?」

「ああ、クズマって名前で金を恵んでやってたんだが、覚えているか?」

「勿論《もちろん》だよ!　あれのおかげで、ボクは自信がついたんだもん!　今でも本当に感謝しているんだよ!　あの時のボクには、キミがカミサマに見えたんだから!」

俺が聞くと、夏純はブンブンと物凄《ものすご》い勢いで首を縦に振る。

相変わらず大袈裟《おおげさ》な言い方だが、まぁ悪い気はしないな。

「そっか。そりゃ良かった。俺も良い事をしてたようだな」

「でも、最近は来てくれなくなったよね。キミの期待に応えたかったから、色々企画を考えて伸ばす努力をしてたのに……」

夏純が目を伏せる。

扇情的なバニー姿だというのに、その表情はどこか悲しそうに見えた。

「ねぇ、どうしてボクの配信に来てくれなくなったの……？」

そして、そんなことを聞いてくる。

上目遣いで潤んだ瞳に罪悪感を刺激されないこともないが、俺から言えることはひとつしかない。

「そりゃまぁ、飽きたからだよ」

「……ボクの配信、つまんなかったからってこと？　やっぱり企画の方向性が間違って……」

「いや、そうじゃない。ハッキリ言ってセンスがないしな。ハッキリ言って見てるのは時間の無駄だ」

キッパリ言い切ると、夏純は目に見えて硬直した。

「え」

「俺がお前の配信を見てたのは、スパチャを投げるたびに低姿勢で媚《こび》を売ってくるその姿勢が気に入ったからだ。あそこまでプライドを捨てられるやつはそうそういるもんじゃないからな。その一点だけを俺は買っていたんだよ」

「は、はあああああああああああっ!?」

俺の発言を受け、夏純はデカい声をあげる。

「なにそれ!?　めちゃくちゃ上から目線じゃん!?　言ってること最悪だよ!?」

「だっていうのに、金を恵んでやったらお前は調子に乗り始めて、自分で面白い企画立てられるみたいな勘違いをし始めてさァ。そういうの、別に求めてなかったっつーの。こっちに媚を売るだけなら見てやってたが、無駄に尺を取って前置きされても困るんだわ。それなら初手土下座で媚《こ》びたほうが百倍マシだ」

「よくそこまで言えるなキミ!?　性格最悪なんだけど!?　なんでそんなこと目の前で言えるの!?」

驚愕《きょうがく》の表情で俺を見てくる夏純だったが、そんなことを言われてもこっちが困る。

「だって事実だし。ホントのこと言って問題あるのか？　どっちみちスパチャは投げてたんだから、俺が聖人の如《ごと》き博愛精神の持ち主であることに変わりはないだろ」

「そのお金、アリサちゃんたちから貢いで貰《もら》ったやつじゃん。言い切れるとか、キミホント凄いな……」

「フッ、そう褒めるな」

「いや、全然褒めてないし。逆に呆《あき》れまくってるよ……」

露骨にトーンが落ちてるが、さすがに脱線しすぎたな。

他のふたりは話に置いてかれてパチクリしてるし、そろそろ本題に戻したほうが良さそうだ。

「話を戻すが、夏純《かすみ》はなんでVtuberをやってるんだ？　多分その理由が、今回の相談に繋《つな》がっているんだよな？」

「……話してもいいけど。引いたりしない？」

「しないしない」

おそるおそる聞いてくる夏純に、俺は即座に首を振って否定で返す。

そもそもさっきの話の流れで、そこらへんの感情は既に底値を打ってる感があるしな。

てか、ここにいるメンツがメンツだし、なにを言われても重い空気にはなりそうにないんだから、さっさと話を進めてもらいたい。

「ふたりも大丈夫だよな」

「モチのロンです。こう見えてエグい話はたくさん知ってますし、ルリを引かせたら、むしろ大したものですよ」

「わたしはプロのメイドですよ。口の固さには自信があります」

「なんか微妙に信用できないんだけど……はぁ。まぁいいや、じゃあ言うね」

後ろのバニーふたりも頷いたことで、夏純はようやく話す気になったようで、重たい口をゆっくりと開いた。

「あのね、ボク、働きたくないんだ」

◇◇◇

「え、働きたくない？」

「うん、働きたくない。絶対に働きたくない。一生遊んで暮らしたい。それがボクの、長年の夢だったんだ」

予想外の言葉が出てきたことに驚き、聞き返すも、夏純はハッキリと頷いた。

「働きたくない、ですか」

「なんかクズおにーさんみたいなことを言うんですね」

後ろのふたりも意外に思ったのか、目を丸くしているようだ。

「まぁ、クズ原くんの影響があることは否定しないよ」

「うん。クズ原くんは、小学校の時にあった授業参観のことを覚えているかな」

「授業参観？　えーっと」

なんかあったたっけ。

いや、あったような気はするが、それはあまり思い出したくない出来事だったような気がする。

「うーむ……」

「忘れちゃってるかな？　ホラ、小学五年生の時、親の前で将来の夢について書いた作文を朗読する授業があったじゃん」

「え、あっ！　あれか！」

言われてようやく思い出す。

頭の中に当時の記憶がフラッシュバックのように映し出されるが、それはハッキリ言って非常に良くない内容の記憶だ。

「思い出した？　あれ、凄かったよね。教室中がざわついてたもん。皆驚いてたっけなぁ」

懐かしそうに語る夏純だったが、俺はとてもそんな顔をする気にならない。

「俺は全然思い出したくなかったんだがな。むしろ記憶を封印してたし、親には散々怒られたんだぞ。ハッキリ言って黒歴史だわ」

「俺の？」

「だろうね。あの時はクズ原くん、朗読終わると同時にお母さんに首根っこ摑《つか》まれてたもん。凄い顔してたなぁ」

「だからやめてくれ。あれはホントトラウマなんだよ……」

クスクスと笑う夏純と落ち込む俺。

見事なまでの対比だったが、俺たち以外のふたりはキョトンとしたままだ。

話の流れが摑めず、よく理解出来ていないといった顔をしている。

「あのー、地元トークで盛り上がられても、リスナーはついていけないんですけど。ちゃんと説明してくれませんかぁ？」

やがて痺《しび》れを切らしたのか、事情を話すようルリが促してくるが、俺の口からは話したくない。

あれはそういう類の出来事だからだ。

夏純は俺に話して欲しそうだったが、知らんとばかりに無視すると、やがて観念したのか自分の口で語りだした。

「えっとね、ボクとクズ原くんって、同じ小学校に通ってたんだ。同じクラスだった時もあるんだよ」

「あ、そうだったんですね」

「やっぱりおにーさんって、昔からクズだったんですかぁ？」

「おい、やっぱりってなんだ」

「うん。クズだったよ。しかもオープンなクズだったから、今と大して変わってないね」

「へー、やっぱり。おにーさんは生まれついてのクズだったんですね」

「こら、即答するな。それと、またやっぱりとか言うな。もうちょっとオブラートに包め」

　ストレートすぎる物言いは、時として人を傷つけるんだぞ。

「それでね、ある日授業参観があって、将来の夢を朗読しなくちゃいけなくなったんだ。皆はプロ野球選手だったり、医者だったりアイドルだったりと、普通のことを書いてきた。勿論ボクもそうだったんだけど……クズ原くんは違った」

　夏純は一度、言葉を句切る。

「クズ原くんは皆の前で言ったんだ。将来絶対働きたくないって。皆の前で、養ってくれる人を募集中とまで言い切ったんだよ」

「え、それは凄いですね。生粋《きっすい》のあれすぎてちょっと引きますけど」

「さすがです、ご主人様……！」

「あれとか言うな。あの時は俺なりに真剣だったんだよ」

　働きたくなかった若き日の俺は、いい機会だと思いクラスの前で自分の夢を語ったのだ。

　もっとも、それは見事失敗に終わり、親に怒られまくるという悲惨な結果に終わった。

一応幼馴染《おさななじみ》たちは慰めてくれたものの、人前で素直に言い過ぎるのも良くないと学び、中学時代はそれなりに大人しく過ごすことになったというわけだ。

今はふたりもアイドルになり、収入も増えたことから色々と隠さなくなったが、過去の失敗はあまり思い出したくないものである。

「うん、あの時のクズ原くんは、本当に真剣だった。働きたくないという心からの願いが、ボクの心にも響くくらいにね」

まっすぐな目で、夏純が俺を見つめてくる。

「あれ以来、ボクは心に決めたんだ。自分の本当の気持ちに従うって。将来働かずに済む人間になりたい。それがボクの夢なんだよ」

「そうなの？　お前って、結構流されやすいタイプだって思ってたけど」

小中と学校は一緒だったが、夏純が自発的な行動を取っていた記憶はない。

俺の中で夏純紫苑《しおん》は、取り巻く環境、また周囲によって立ち位置が変化する典型的な取り巻きタイプだと思ってただけに、そんな信念を持っていたことが素直に意外だ。

「うっ、まぁそれは否定しきれないけど、とにかくボクは働きたくないの！　でも、ボクにはクズ原くんみたいに養ってもらえる相手のアテなんかない」

「ふむ……」

「だから、ボクは必死になって考えた。どうすれば働かずに済むのかって。ううん、働くにしても、なるべく労力はかけたくない。社会に出ることになるまでに、生涯年収を稼ぎきる。目指すとしたら先行逃げ切り。それしかないって思った」

「そうか。つまりお前はそのために……」

言葉の続きを察したのだろう。夏純は頷《うなず》く。

「そう。Vtuberになったんだ。一生分のお金を稼いで、人生の勝ち組として安泰な人生を歩むために」

◇◇◇

「ふむ、なるほど、な」

ようやく話が繋がった。

多少脱線はあったものの、夏純の目的を知ることが出来たのは収穫と言えるだろう。

相談したいという内容も、だいたい察する事が可能だ。

「つまりこういうことか。お前はVtuberとして一生遊んで暮らせる分の金を稼ぎたいが、現状再生数もフォロワー数もまるで伸びてない。このままだと働かずに生きていくことなんて無理だから、どうにか現状を改善したい。だから俺に力を貸して欲しい。この認識でいいんだな？」

「うん！　さすがクズ原くん！　バッチリだよ！　ボクの言いたいこと、全部まとめてくれたね！」

よほど俺が理解してくれたことが嬉《うれ》しかったんだろう。

ウサミミを揺らしながら、キラキラした目で見てくる夏純。

「そうか、それは良かった……じゃあ、俺からも一言言わせてくれ」

「うん！　なになに！　なんでも言って！」

その視線を正面から受け止めつつ、夏純の望み通り、一言告げてやることにする。

俺は夏純をキッと鋭い目で射貫《いぬ》き、

「夏純――お前、あまり人生を舐《な》めるな」

「いや、そのセリフはキミにだけは言われたくないから」

あっさりカウンターを返された。

…………………。

………あっれぇー？

「……あの、夏純さん？　おかしくない？　今のは俺がいいこと言う流れだったはずなんだけど」

「説教なんていいよ！　ボクが聞きたいのは、ボクに都合がいい言葉だけなの！　どのみち働きたくないことには変わりないんだから、いいからさっさとボクが不労所得で生きていける人気Vtuberになれる方法を考えろ！　幼馴染たちが人気アイドルになる姿を間近で見てたキミならなんかアイデアのひとつくらい浮かぶだろ！！！」

「こ、こいつ……！」

いくらなんでもぶっちゃけすぎだろ！　それが本音か！

普通にカスな発言すぎて、さすがの俺でも普通に引くぞ。

「あのなぁ、無茶言うなよ！　つまらないものを面白くするのってハードル高いんだぞ！　大人しく宝くじでも買ってお祈りするほうが絶対いいわ！」

「うっさい！　ボクはVtuberになるために、お年玉もお小遣いも全部使い果たしたんだ！　もう後には引けないんだよ！」

「知らねーよそんなこと！　典型的なコンコルド効果じゃねーか！　博打《ばくち》に負けたんだから、大人しく結果を受け止めてさっさと別の道でも探せ！　伊集院《いじゅういん》から貰《もら》ったバッグも手放して、金作っとけ！」

「嫌だぁっ！　まだボクは負けてない！　なにも手放したくなんかない！　このままじゃ損して終わるじゃないか！　絶対に嫌だぁっ！」

「ワガママ言ったってどうしようもないだろ!?　ちゃんと現実を見てだな」

「現実!?　それは働けってことか！　そんなの嫌に決まってるだろ！　そもそも、クズ原くんはボクに逆らえないってこと分かってるのか？　言うことを聞かなかったら、ルリちゃんにも貢がれていること、雪菜《せつな》ちゃんたちに報告するからね！」

「くっ！　脅すつもりか！」

「ああ、脅すね！　ボクが有利な立場になれるのは、このことを知っているからだからさ。これを活用しないとか有り得ないよ。同じ立場なら、キミだってそうするだろ？」

「俺を一緒にするな。そんなことはしない！」

「ふふん。どうだか。まぁなんにせよ、ボクの優位は揺るがないんだ。大人しく言うことを聞いたほうが身のためだと思うよ？」

「お、おのれ……」

なんて卑怯《ひきょう》な……！

「お前、それでいいのか？　人に頼って、自分は楽しようなんて、絶対ロクな人間にならないぞ！」

勝ち誇る夏純《かすみ》に言葉をぶつける。

追い詰められているなかで、俺にできるせめてもの足掻《あが》きだ。

「あれ、普通にブーメラン発言ですよね」

「ご主人様はそれはそれ、これはこれの精神で生きてますので」

おい、そこ。聞こえてるぞ。

「別にいいよ。どうせ足掻かないと、なにも変わらないんだ！　将来地獄に落ちようとも、ボクは働かない未来を手に入れてみせる！」

「……お前」

「間違ってもいい！　働かないといけない未来なんて、ボクは絶対認めない！　クズ原くんだってそうだろうが!?」

「…………！」

夏純は叫んだ。あらん限りの力を込めて。

それはきっと、夏純の本心であり、魂からの想《おも》いであったに違いない。

「ハァ、ハァ……」

「……そうか。お前、本気なんだな」

だから、というわけではないが。

「なら、分かったよ。協力する」

「ハァ、ハァ……って、え？」

「協力するって言ったんだ。何度も言わせるな」

息を切らす夏純に、俺は告げた。

「ホ、ホントに？」

「ああ。まぁ、夏純の気持ちも分からないでもないからな。とりあえず、やれるだけのことはやってみようと思う」

とはいえ、どこまでやれるかは未知数だ。

視聴者がいなければ、再生数やスパチャで稼げない。今の夏純の再生数では不労所得など夢のまた夢だ。

趣味程度で止《とど》めておくならともかく、俺にも考える時間が必要だからな」

「ま、とりあえず今日は帰れよ。俺にも考える時間が必要だからな」

「うん！　分かった！」

俺が促すと、満面の笑みで頷き立ち上がる夏純。

「おっと、さすがにバニー衣装は着替えていけよ。そのまま帰るわけにはいかないだろ？」

「あ、そうだね」

「最初に着替えた時のように、リビングに行ってくれ。一之瀬《いちのせ》、悪いけどまた案内頼む」

「承知致しました」

うやうやしく頭を下げると、一之瀬は夏純を連れて部屋を出る。

バタンとドアが閉まるところを目にし、トコトコとふたりぶんの足音が階段を下りて遠ざかっていくのを耳にした後、俺はゆっくり立ち上がる。

「さて、と」

そのまま棚の上に手を伸ばし——そこに設置していたデジタルカメラを手に取った。

「どうです。ちゃんと撮れてますかぁ？」

「ちょっと待て。今再生する」

背後から投げかけられるルリの楽しそうな声に返事をしつつ、録画を解除。

そして軽く操作すると、再生ボタンをタッチする。

するとそこにはバニーで座る夏純紫苑の姿が、ハッキリと録画されていた。

「おー、バッチリだ。さすが伊集院から貰った高級カメラ。画面映りも綺麗《きれい》だなぁ」

想定通りに録画出来ていたことに満足し、思わず頷く。

うむ、実に素晴らしい。

バニー姿だけでなく、音声もしっかり拾ってるし完璧だ。

「脅されるのを予想して、あらかじめカメラを設置してバニーガール姿を録画し逆に脅しの材料にする。ふふっ、さすがの悪知恵ですねぇ」

「普通の女子高生にとってはバニー衣装なんて派手な格好を撮られるだけで十分恥ずかしいことだからな。俺の家に来た時点でアイツは詰んでたってわけだ」

ルリたちにあらかじめバニー衣装を着せていたことも功を奏したのだろう。

複数の女の子たちが部屋にいたことから、自分が撮影されているなどと思いもしなかったに違いない。

「クラスメイトに見せるぞと言うだけで。アイツはなにも言ってこなくなるだろうな」

「これで脅迫の懸念はなくなったということですね」

「そういうことだ」

向こうは決定的な証拠はないが、こっちは夏純のバニー姿をきっちりと押さえているのだ。

口で負ける気はしないし、言い含めるだけの材料がある以上、どう転んでも負けはない。

「それで、この後おにーさんはどうするんです？」

「ん？」

「このままあの人に協力するんですか。もうその必要もなくなったと思いますし、約束を反故《ほご》にしても問題ないと思いますよ」

ルリが視線を向けてくる。

その目は細まっており、俺がどんな答えを返すのかを試しているかのようだ。

「まぁ、その通りだな。俺が夏純に協力する理由はどこにもない」

「ですよねぇ」

「だいたい、働くとか絶対嫌だしな。やりたいゲームもあるし、余計なことに時間を使いたくもない」

俺は働きたくない。

人のために働くとかまっぴらゴメンだ。

俺は俺が遊んで暮らせる未来を確保する。

それこそが人生の目標であり最優先するべき事項だ。

だが――。


「でも、自分に正直なやつは嫌いじゃあないんだよな」


夏純の言葉を思い出す。

あいつは働きたくないと言っていた。

そして、俺を同類だとも。

そのことは否定しない。

確かに俺も働きたくないと足掻いたからだ。

結果、俺は俺を養ってくれると言ってくれる女の子たちに恵まれたわけだが、当然ながら俺と同じ考えをするやつが、皆勝ち組になれるはずもない。

「そうなんですか」

「ついでにいえば、慈善事業も嫌いじゃない。俺は監禁の可能性さえ除けば、勝ち組路線に乗ってるからな。働かなくていい人間が、そうではないやつに手を差し伸べるとか、いかにも人間レベルが上がりそうな、素晴らしい行動だとは思わないか？」

あるいは、夏純の手助けをすることで、監禁ルートを避ける事ができるなんらかのヒントも得られるかもしれない。

「そうかもですねぇ。『自分でそんなことを言わなければ』という言葉が付きますけど」

「言ったろ？　俺は自分に正直なやつは嫌いじゃないって。人間素直が一番だし、本音で話すほうが俺は好きだ」

ま、なんにせよだ。

「とりあえず、やれることはやってみるわ。無理だったら仕方ないし、諦めてもらえる材料もあるからな」

「ふふっ、そうですか」

ルリが俺の答えに満足したのかは分からない。

だが、面白そうに微笑《ほほえ》むと。

「ねぇ、おにーさん」

「ん？」

「ルリ、面白い人が好きですが、素直じゃない人もそんなに嫌いじゃないですよ」

そんな言葉を、イタズラっぽく口にしたのだった。

◇◇◇

「うん、無理だこれ」

椅子の背もたれがギシリと鳴る。

それはなんとも鈍い音で、まるで今の俺の心情を表しているかのよう。

出てくる言葉も自然と弱音に近いものになってしまう。

「ああは言ったけど、これはキツいぞ。どうすりゃいいんだ……」

時刻は夜の九時を過ぎている。

夏純たちも既に帰宅しており、現在我が家にいるのは俺ひとりだ。

賑《にぎ》やかだった昼間と打って変わってなんとも静かなものである。

物音も特にせず、聞こえてくる音といえばヘッドホンから漏れる声くらい。

数時間ほどかけて、投稿されていた夏純の動画をいくつも見たのだが、出てきた結論は
こりゃ無理だという、最初に感じたものとなんら変わりないものだった。

「というか、そもそも無理があるんだよな。つまらないものを面白くするとか、そんなの
簡単に出来たら苦労しないっての」

人には持って生まれた才能というものがある。

それが本人のやりたいことと合致していればいくらでも伸ばしようがあるのだろうが、ない場合はどこまでいっても無理なものは無理。

トークは微妙だし歌もそんなに上手《うま》くない。

あと、そもそもの企画選びからして間違ってる動画も多数見受けられるし、サムネも興味を惹《ひ》き付ける要素が特にない。

夏純《かすみ》の動画からは人気配信者になれるようなセンスを、まるで感じ取ることが出来なかった。

一応ツッコミのセンスはあるのだが、それは相方あってのこと。

ひとりでやる配信とは相性が悪いと言わざるを得ない。

ボクっ娘《こ》ギャル属性といい、つくづく持っている個性とのかみ合いが悪いやつだ。

ここまでくると、逆の意味で才能を感じるまである。

「メンタルはかなり強いようだし、そういったところを活《い》かせればいいんだがな……」

武器がないわけではないんだが、かといってそれを活用する術《すべ》が俺にはどうも思いつかない。

「はぁ、やめやめ！　こんなんでアイデアとか出るはずないわ。気分転換にゲームでもやろう！」

このままではドツボにハマりかねないと判断した俺は、開いていた動画タブを消すと、ゲーム画面を起動した。

こういう時はすっぱりと頭を切り替えたほうがいい。

考えれば考えるほど、「やっぱこんなん無理じゃね？」という気持ちが膨れ上がっていく一方だったからな。

ネガティブな感情をかき消すためにも、気分転換は必要だ。

「ひとりでやるのもあれだから、フレンドを……」

確認しよう。

そう考えが至った時、俺の脳裏にあるひらめきが見えた。

「フレンド……仲間、か」

俺ひとりじゃアイデアが生まれない。

それなら、いっそ発想そのものを変えるべきだ。

「……うん。とりあえず、これでいくか」

頭の中で軽く考えをまとめると、俺は再びパソコンへと向き直る。

どのみちゲームはするつもりだったのだ。

目処《めど》がついた以上、このまま続行してもなにも問題はない。

「誰かフレンドがやっているといいけど……」

ざっとフレンド画面を眺めていると、そこに見知った名前を見つけてしまう。

「おっ！　ハルカゼさんがログインしてるじゃん！」

これはラッキー。嬉《うれ》しいサプライズだ。

思わずテンションが上がってしまい、そのままの勢いで俺はハルカゼさんへメッセージを飛ばす。

ただ、送った後によく考えたら既にログインしていたのなら、他のフレンドと先に遊んでいる可能性が高いことにふと気付く。

まぁ、その時は仕方ないか。

こういう場合、割り込むのは御法度だ。

無理だったらその時は仕方ない……そう自分を納得させている最中《さなか》、ハルカゼさんからメッセージがくる。

若干緊張しながら確認すると、そこにはOKの二文字が。

「よし、やった！」

思わずガッツポーズを取ってしまうのも、仕方ないと言えるだろう。

すぐに互いの段取りを決め、ボイスチャットを起動した。

俺からほんの少し遅れて、ハルカゼさんも入室してくる。

「久しぶりだね、クズマくん。元気にしてたかな？」

聞こえてきた声は、相変わらず綺麗《きれい》だった。

ヘッドホン越しだというのに、まるで脳を溶かされてるような気分になる。

「ええ、ハルカゼさんはどうでした？　ゴールデンウィークはやることがあったんですよね」

「うん、そっちのほうは一段落ついたよ。大変ではあったけど、いい経験にもなったかな。とりあえず成功には終わったよ」

「おお、それは良かった！」

「ふふっ、ありがとう。でも、ちょっと問題も生まれてね」

ハルカゼさんのトーンが明らかに下がる。

「問題？」

「うん……あの、クズマくん」

「なんです？」

「……ううん、やっぱりいいや。まだ、自分の中で整理がついていないことがあるから」

どうにも歯切れが悪かった。

こういう言い方をするということは、なにか悩みを抱えていますと暗に言っているようなもの。

「あの、ハルカゼさん。なにか悩みがあるんじゃないですか」

「……………」

「もしそうなら、俺は相談に乗ります。だから……」

「ありがとう、クズマくん。でも、まだ大丈夫だよ。私、クズマくんよりお姉さんだから。もう少しひとりで考えてみたいんだ」

「……そうですか」

納得はいかないが、そう言われたら引かざるを得ない。

「今日はゲームに集中しよう、私も気分転換がしたくてログインしたし、あまり時間を無駄にするのは良くないよ」

「分かりました」

それからしばらくの間、俺とハルカゼさんは一緒にゲームをプレイした。

でも、楽しめたとは正直言えなかっただろう。

対戦相手にはことごとく負けたし、ハルカゼさんは終始上の空だったのだから。

第4話　捨てるべきもの

「ふんふふふーん」

その日、ボクこと夏純紫苑《しおん》はひどく上機嫌だった。

ゴールデンウィークは昨日で終わり、今日は登校日であったけど、それでもだ。

「クズ原くん、改善案が見つかったって言ってくれたし、これはもう勝ち確だよね！」

そう、ボクが上機嫌である理由。

それは昨日の夜にクズ原くんから送られてきた、一通のメッセージによるものにほかならない。


――ひとつ手が見つかった。明日はいつも通りに学校に来てくれ。


「いやだなぁ、もうクズ原くん！　こんなこと言われたら行くに決まってるじゃん！」

まぁ元々休むつもりなんてなかったけどね。

ただ、単純に楽しみが増えたのは凄《すご》く大きい。

学校までの道すがら、通り過ぎる会社やお店。

すれ違う死んだ目をしたサラリーマン。

それらが全ていつもと違って見える。

ボクはかつて、彼らと同じような人生を送ることになるんじゃないかと怯《おび》えていたけど、そんな不安が吹き飛ぶくらい、今は世界が輝いて見えていた。

ああ、世界って、こんなにも美しかったんだなぁ……。

これが人生の勝ち組から見る世界の視点ってやつなのかな……うん、悪くない。

いや、凄くいい！　というか、気持ちいい！

（ごめんね、皆。人生一抜けしちゃって。たくさん買い物して経済に貢献するから許してね）

見下すつもりは全然ないけど、勝手に同情心まで湧いてくる。

これが慈愛の精神ってやつなのかも……そんなことを考えながら歩いていると、ボクはいつの間にか、学校まで着いていた。

「皆、おっはよーう！」

そして何事もなく教室に到着したボクは、勢いよくドアを開けて挨拶する。

「おはよう、紫苑」

「おはー」

「学校だるいわ。ちょっとくらい勉強しなくても私の頭脳は健在だし、もう帰っていいかしら」

「良くない」

「キミ、委員長でしょ……」

たまきちゃんに詩亜《しあ》ちゃん、それにいつも通りのメグちゃんと会話を交わしながら、ボクは自分の席へ座ろうとしたんだけど……。

「紫苑。荷物置いたら移動するよ？」

「へ？」

いきなりそんなことを言われてビックリした。

移動ってどこへ？

そんな疑問が顔に出ていたのか、たまきちゃんは黒板を指さした。

釣られるように、ボクの視線は黒板へと移動する。

「えっと、『今日のHRは、視聴覚室で行います』？」

見ると、黒板にはそんな言葉が、デカデカと書かれてた。

「そういうこと」

「なんでわざわざ？　なんかあったっけ？　球技大会の振り分けとかは、もうちょい先だよね」

「さぁ。分かんないけど、とりあえず行くしかないでしょ。アリサたちは仕事で遅れるみたいだし、ウチらはあとは紫苑が来るのを待ってたんだよ」

「あ、そうだったんだ」

うーん。でも、なんで視聴覚室で？

……まぁいっか。行けばきっと分かるだろうし。

「分かった。じゃあ行こっか」

深く考えることなく席を立つと、たまきちゃんたちと一緒に廊下へと移動する。

あれからなにしてたとか、どこ行ったとか、なんの番組を見たかとか。

そんな取り留めのない話をしながら、ボクたちは目的地である視聴覚室へと進んでいく。

「あの後大変だったよねー、伊集院《いじゅういん》さんから予習だって言われて『ダメンズ』のライブDVD全部渡されたりー」

「全員分用意してたよね。黒服さんが持ってきた時ビビったもん」

「あの時の選択は失敗だったわ。黒歴史として闇に葬りたいんだけど、もしかしてこれからも、ライブに駆り出されたりするのかしら」

「それは自業自得でしょ。言っとくけど、ウチは買収されてないんだから巻き込まないでよね」

「ひどいー、抜けがけだー」

「そういえばあのネックレス、全く効果なかったんだけど、もしや私騙《だま》された……？」

「え、今更気付いたの？」

「うはー。めぐっちって、時々凄くアホだよねー」

……うん、悪くない。

気の知れた友達同士の会話。

こういうのが出来るのって、地味に幸せなことだと思う。

今はまだよく分からないけど、青春ってこういうことを言うのかな。

「でも、伊集院さんって凄いよねー。モール丸ごと買い取ったとかー。勝ち組って、あいう人のことを言うのかなー」

「まぁ確かに。ウチらとは住んでる世界が違うよね。あの人の場合、いろんな意味でだけど」

「お金いいよね。欲しいなぁ……」

「アイドルをやっている小鳥遊《たかなし》さんや月城《つきしろ》さんも貢げるくらいにお金を貰《もら》っているようだし、このクラスには上級国民が多いようね。私もそうなりたいものね」

「そういうのいいから。貢がせるのはウチが絶対止《や》めさせる。いつまでもクズ原になんかお金を渡してたら、不幸になるに決まってるもん」

「えっと……」

どうしよう。今クズ原くんの名前を出されると、ちょっと反応に困る。

曲がりなりにもボクのために頑張ってもらってるわけだし……そんなことを考えてると、思わぬ助け舟が入った。

「あー、クズ原くんも凄いよねー。あんな堂々とお金貰ってる人初めて見たよー。あれくらい突き抜けてると、逆に許せるものあるよねー」

「はぁっ!? 有り得ないし！　あんなのただのどうしようもないガチクズじゃん！」

「確かに彼は本物のクズではあるけれど、なにも考えていないわけじゃない。アイドルふたりに貢がせたり、伊集院さんを手玉に取るなんて、並みの人間にできることじゃないわ」

「それは……そうかも、だけど……」

たまきちゃんは渋々といった感じだったけど、その意見にはボクも賛成だった。

クズ原くんは普通じゃない。クズなのは間違いないんだけど、なんていうか、それだけじゃないんだよね。

「あはー、いっそたまきちゃんがクズ原くんと付き合っちゃえばー？　少なくともアリサちゃんたちから引き離すことができるし、悪くないんじゃないー？」

「にゃあっ!? な、なに言ってんの！　そんなの有り得ないから!?」

「あれー？　意外と満更でもないー？」

「だから違うっての！　クズ原とか絶対ない！　お金にしか興味のないクズとか、こっちからお断りだから！」

たまきちゃんは顔を真っ赤にしてるけど、なんとなくボクには分かる。

別にたまきちゃんは、本心からクズ原くんのことを嫌ってるわけじゃない。

クズ原くんはクズなのは間違いないんだけど、心の底から人に嫌われるような人じゃないっていうか。

アイドルに貢がせたり、お金持ちのお嬢様を手玉に取っているのに。

よく分からないけど、そういうのもきっと才能といえるものなんだと思う。

ボクにはきっと、そういうものはない。

だってボクはただの普通の女子高生なんだから。

（あ、でも……）

ひとつだけ。

クズ原くんに、褒めてもらったことがあったっけ。

——俺がお前の配信を見てたのは、スパチャを投げるたびに低姿勢で媚《こび》を売ってくるその姿勢が気に入ったからだ。あそこまでプライドを捨てられるやつはそうそういるもんじゃないからな。その一点だけを俺は買っていたんだよ。

……思い返してもひどい内容だな、これ。

褒められてる気がまるでしないし、全く全然嬉《うれ》しくない。

こんなのが長所と言うなら、ボクのほうからポイ捨てしてやる。

わざわざ人に媚《こ》びなくたって、勝ち組で上級国民の未来が、ボクには待っているんだから。

「てか、紫苑。アンタさっきから黙ってるけど、どうしたの？」

「え、ほへ？」

「なんだか神妙な顔をしてたわね。どうする？　今から私と一緒に帰ってもいいけど」

「い、いや。大丈夫大丈夫！　ボク、学校大好きだから！」

咄嗟《とっさ》に問題ないことをアピールしたけど、自分でも分かるくらい、なんだかから回っている気がした。

「紫苑ホントに大丈夫？」

「メグちゃんは自分が帰りたいだけだから気にしないでいいよー。ただ詩亜ちゃん、紫苑ちゃんにはあまり無理して欲しくないかなー」

「だから大丈夫だって！　全然大丈夫だよ！　問題ないから！」

うぐっ、ボク、そんな分かりやすい顔してたかな……？

ほんのちょっとだけショックだった。

「……ま、それならいいけど。ホラ、着いたよ」

先頭を歩いていたたまきちゃんが立ち止まると、そのままドアをガラリと開ける。

上を見ると、そこには確かに「視聴覚室」と書かれたプレートがある。

「紫苑《しおん》。ホラ、早く来なよ」

「あ、うん」

ボクがぼんやりしている間に、皆はもう中に入ったようだ。

促されるようにボクも視聴覚室の中に入ると、そのままドアをピシャリと閉めた。

◇◇◇

キンコンカンコーン。

大きなスクリーンの上に取り付けられたスピーカーから、始まりを告げるチャイムの音が木霊《こだま》する。

これでゴールデンウィークもホントに終わりだ。

そのことをちょっと惜しんでいると、教壇の前に立ったユキちゃんが話し出す。

「皆、元気にしてた? 先生はとっても元気だったよ。ちょっと旅行に行ってリフレッシュも出来たしね。楽しかったなぁ。でも、今は全然楽しくないの。またこのクラスを担任しなくちゃいけないと思うとやってられないし、お酒もたくさん飲んだのよ。おかげで今は二日酔い！　頭は痛いし学校になんて来たくなかったし、来たら来たで、朝から視聴覚室の使用許可を取らなくちゃいけなくなって、もう散々だったのよ！　教頭先生にも睨《にら》まれたり、もう私教師嫌だぁっ！　帰りたーい！」

そんなことを、ユキちゃんは一気にまくしたてた。

（（あ、この人、ダメな大人だ））

多分ここにいるクラスの皆は、同じことを思ったと思う。

お酒がまだ残ってるのか号泣してるし、可哀想《かわいそう》というより残念な人だな……って感想が先に来た。

それくらいなんかもうダメダメだ。

ダメダメな大人がそこにいた。

「あの、先生。ちょっといいですか」

早くもなんともいえない空気が漂い始めた中で、ひとりの生徒が手を挙げた。

「ひっく。なぁに、後藤《ごとう》くん。先生は今ちょっと、泣くのに忙しいんだけど」

「いや、それは忙しいとは言わないと思うんですけど、それはともかく。どうして僕ら、視聴覚室に集められたんですか？」

後藤くんの発言に、教室が僅かにざわついた。

そう、それが知りたかったんだ。

よくぞそれを聞いた後藤くん！　という空気が、にわかに広がっていく。

「ふ、ふふふ。やめてよ、皆。僕は当然のことを聞いただけなんだからさ。でも、僕の行動力を、アリサちゃんに見てもらえたかな？　ふふふふっ」

そして、あっという間に霧散していく。

代わりに調子のんなよ後藤という、殺気立った空気が主に男子から発せられた。

「ご、ごめんなさい、僕座ります」

そんな空気に、後藤くんは勝てなかった。

すごすごと引き下がるあたり、ちょっとヘタレすぎる。

「えっと。ああ、なんで視聴覚室を使うことになったかだっけ。それは先生が頼まれたからよ」

「「え、頼まれた？　誰に？」」

皆の声が、見事にハモる。

ユキちゃんがここを選んだわけじゃないっていうなら、いったい誰が……。

「――それは、俺だ」

ボクに生まれた疑問を吹き飛ばすような短い言葉と一緒に、ひとりの生徒――クズ原くんが立ち上がった。

◇◇◇

「なんであいつが俺たちをここに呼び出したんだよ？」

「ユキちゃんじゃなくて？」

「え、クズ原？」

教室が騒がしさを取り戻す。

いろんなところでいろんなクラスメイトたちが、口々に疑問を声に出した。

（え、どういうこと？　クズ原くん、なにしてんの？）

勿論《もちろん》ボクもそれは同じで、頭の中にハテナマークがいくつか浮かぶ。

伊集院《いじゅういん》さんみたくやたら行動力がある人ならともかく、彼はこういったことをしない人だと思ってただけに、こんなことをした意図がよく分からない。

そうこうしているうちに、気付けばクズ原くんは教壇の前に立っていた。

「ユキちゃん、ありがとう。ここからは俺が引き継ぐよ」

「というか、そろそろなんでここに来たのか説明してもらえる？　先生、いきなり言われたから何も準備してなかったし、思いっきり教頭先生に睨まれたんだけど!?　ただでさえ目をつけられてるのに、明らかに『コイツ使えねぇな』って目で見てたわよぅ！　休み明け早々先生のライフはもうゼロよ！」

「さて、それじゃさっさと本題に入るか。まぁそんな長い時間をかけるつもりはないから、そこは安心してくれ」

「休み挟んでもまた無視!?　これくらい答えてくれてもいいじゃない!?　先生いったいなにかした!?」

多分理由とかなくて、ユキちゃんがそういう扱いが似合うキャラだからってだけな気がする……。

不憫《ふびん》といえばそうなんだけど、なんか納得してしまうボクだった。

「さて、とりあえず今からプリントを配るからそれを……」

「待てよ、葛原《くずはら》。お前、なにするつもりなんだ？」

話を続けようとしたクズ原くんに待ったをかけたのは、クラスメイトのひとりである佐《さ》山《やま》くんだった。

「ん？　佐山か。そのことはこれから説明するから、とりあえず聞いてくれ」

「いや、でもな……」

「ああ！　そういうことですのね!?　分かりましたわ！」

渋る佐山くんの言葉に被《かぶ》せるように立ち上がる生徒がまたひとり。

「なんだよ、今度は伊集院か。いったいなんだ」

「大丈夫です！　わたくしには和真《かずま》様のお考えが全て分かっておりますわ！」

「え、俺の考えが分かったって、なにが」

「とぼけないでくださいまし！　これからそのモニターを使い、先日行われた『ダメンズ』の振り返りライブ上映会をするつもりなのでしょう!?　このクラスの方々のほぼ全員が参加したあの伝説のライブの振り返り上映ともなれば、授業などする必要一切なし！　いっそ明日の朝までリピートしまくり、大いに語らいまくることに致しましょう！！」

「「え、マジで!?」」

　またとんでもないことを言い出す伊集院さん。

　授業が潰れるのは嬉しくないとは言わないけど、その企画はちょっとどころじゃなく正気じゃない。

「悪いが、それは却下だ。モニターを使うのはその通りだが、俺が見て欲しいのはライブじゃあない」

「なっ!?　違うのですか!?　ならば、何故《なぜ》!?」

「いや、それを説明するとさっきも言ったんだが……とにかく一度座れ。これじゃ話がさっぱり進まない」

　クズ原くんが注意すると、「うぅ、分かりましたわ。貴方《あなた》がそう仰《おつしや》るのでしたら……」

なんて言いながら、すごすごと席に座り直す伊集院さん。

（やっぱり、クズ原くんは凄《すご》いなぁ……）

それを見て、ボクは素直に感心した。

我が強いあの伊集院さんを、あんな簡単に言うことを聞かせられる人なんて、そうはいないんじゃないだろうか。

この前のミニライブであの人と関わった分、より強くそう思う。

「ふぅ、さて。もう話に乱入してくるやつはいないな。さっきも言った通り、これから皆には、ある動画を見てもらう。その後は今から配るこのアンケート用紙に見た感想を書き込んでくれ」

言いながら、教壇に置いてあったノートパソコンにケーブルを繋《つな》ぎ始めるクズ原くん。

手つきは随分慣れてるみたいで、すぐに準備は終わったみたい。

パソコンを立ち上げると少しの時間を置いて、モニターには背景といくつかのアイコンが表示された。

「やっぱ学校のだとスペック微妙だなぁ……ま、いっか。とりあえず再生には問題なさそうだ」

ちょっと不満そうにしながら、一旦教壇を離れるクズ原くん。

そのまま手に持っていたプリントを、最前列へと配り始めた。

「はぁ。動画ねぇ」

「まぁそれくらいなら……」

「振り返り無限上映会よりはマシか……」

皆、なんだかんだ言いつつも、それを受け取ると周りの人に配布していく。

「…………」

一方、ボクはというと――何故だろう。猛烈に嫌な予感に駆られていた。

（……動画を、見る、だって？）

いや。でも。まさか。

そんなはずはないだろう。

いくらクズ原くんでも、ねぇ？

だってそんなの、お金に繋がるはずないし。

そもそもそんなことをしたら、尊厳破壊もいいとこだ。

「さて、それじゃあ動画を再生するぞ」

そんなの有り得ないと自分に言い聞かせてるうちに、動画再生《デスゲーム》は始まった。

◇◇◇

再生開始から、数秒後。

画面に映ったのは、笑みを浮かべたアニメ調のイラストで動く天使だった。

『はーい！　お金大好き大天使！　エンジェル☆カスミンの動画を見に来てくれてありがとー！　まだまだ再生数は少ないけど、下界の下僕どもからお金をたくさん搾取できるよう、カスミン頑張っちゃうからね！』

途端、ぶわりと背中を伝う汗。

冷たいのか熱いのか、それさえよく分からない。

「…………え、なにこれ」

クラスメイトたちのざわつく声と、隣に座っているたまきちゃんの困惑した声が、やたら耳にこびりついた。

『えーとね、今からメ○トスコーラ飲んじゃいまーす！』

「え、メ○トス？」

「今時？」

『それもね、なんとタダ飲むんじゃありません！　鼻から飲んじゃいます！　スッスッ！』

「鼻て」

「あれってVtuberだよな？　生身じゃないのに、やる意味あるのか？」

「なんでスッって二回言ったし」

OSDR

次々と耳に入ってくるツッコミの声。

どれもが辛辣で容赦がない。

『いくよ、ボクの頑張りを見て昇天しながらお布施しなさいぐふぉえあっ!!』

「うわぁ……」

「しんど……」

『あー、失敗しちゃった☆　でも大丈夫！　エンジェル☆カスミンはくじけない！　下界の下僕どもから供物をがっぽりむしり取るその日まで、カスミン頑張っちゃうぞ！　ぶいっ！』

やめろ。やめろ、画面の向こうのボク。

頑張りすぎだ。空気が痛いよ。つらいんだけど。

「俺たちはいったい、なにを見せられてるんだ……」

「やべぇ。なんか気力が持ってかれそうだ……」

「朝からこんなん見せられるとか、罰ゲームかな?」

この前は自分から見せると決めてたからまだ心構えが出来てたけど、今のボクは無防備だ。

周りの空気も相まってすごくしんどい。できれば今すぐ逃げ出したかった。

ただボクに分かるのは、ボクには永遠にすら感じられるほどのとんでもない拷問のような時間がさっきまで流れていたという、ただそれだけである。

『お金欲しー。一生遊んで暮らしたーい。あ、ちなみに最初のお金欲しーはカスミンの☆とかけてるから。面白かったでしょ？　でしょ？　チャンネル登録よろしくね！　炎上だけは絶対嫌な、エンジェル☆カスミンでした！　まったねー！』

そのセリフを最後に、ようやく画面はもとの暗さを取り戻した。

真っ暗な画面には、もうなにも映っていないけど、教室の空気だけは動画に取り残されたように暗すぎた。

「以上だ」

クズ原くんが締めの言葉を口にしたけど、だからなんだと言うんだろう。

沈黙する室内で、誰かがポツリと呟《つぶや》いた。

「キッツ」

やめろ。一言マジやめろ。

その一言はボクに効く。

◇◇◇

（ふむ、想定通りの流れになっているな）

短く響いた一言をきっかけに、ざわめきを取り戻した室内を眺めて、俺はひとり満足していた。

「さて。それじゃあ早速アンケートの記入を……」「ちょっと待った、クズ原」

次の段階に移ろうとしたところで、待ったが入る。

止めてきたのは、俺を嫌っている猫宮《ねこみや》だ。

「なんだ猫宮。どうした」

「どうしたもこうもないでしょ！　なんなのあの動画は！　見てるこっちが恥ずかしかったんだけど！　今時メ○トスコーラはないでしょ！　メ○トスコーラは！」

「ぐふっ」

「そうだねー。あれはどうかと思うよー。時代遅れってレベルじゃないよー。ギャグもつまんなすぎたし、ちょっとした羞恥プレイだったかもー」

「げふっ」

「あの痛い言動で目が冴《さ》えちゃったわ。今すぐ慰謝料を請求したいくらいね。貴方とこの動画を作ったカスミンとやらにね。あの人、恥を知らないのかしら」

「うぐぅっ」

「まるでセンスを感じられませんでしたわね。『ダメンズ』の方々には到底及びませんわ！　天使如《ごと》きが女神に勝てる道理なし！　やはり『ダメンズ』こそがナンバーワンなのですわぁっ！」

「ぎゃふんっ！」

立て続けにぶちまけれる、数々の本音。

忖度《そんたく》など一切感じられない、まさにボロクソな評価である。

「ふむふむ、なるほどな。それがお前たちがあの動画を見た感想か？」

「感想もなにも、つまんなかったって言ってるの！　それ以上でもそれ以下でもないでしょ！　あれを見てそう思わない人は、よっぽどセンスがないとしか言えないし！」

なるほど、確かにそうだ。

全て猫宮の言うとおりである。

「そうだな、俺もそう思うよ」

「じゃあいったいなんであんな動画流したのよ。意味分かんないんだけど！」

「安心しろ。意味はこれから分かる」

「え……それって、どういう……」

戸惑いを見せる猫宮を無視し、俺はその後ろに座る人物へと声をかけた。

「と、いうことらしいぞ夏純《かすみ》。なにか意見はあるか？」

「「…………え？」」

教室の時が、ここで止まる。

いや、ただひとりだけがゆっくりと立ち上がり――。

「どうもー。エンジェル☆カスミンこと夏純でーす。皆さんご意見ありがとうございます、いえーい」

死んだ目で実に堂々と、名乗りをあげたのだった。

◇◇◇

「いえーい、いえーい。盛り上がっていこうぜ、いえーい」

「「…………」」

「どうしたんだよ皆、カスミンだぞー。皆がボロクソに言ってたVtuberだぞー。生で見る機会なんて滅多にないだろうから、よく目に焼き付けておけよいえーい」

「「…………」」

「どうしたー、なんかいえー。いえーい、いえーい……なんか言えよもおおおおおおおおおお！」

あ、キレた。

「なんだよこれ！　地獄じゃん！　ボク死にたいんだけどもおおおおお！」

「まぁまぁ落ち着け、夏純」

「落ち着けるか！　皆を見なよ！　全員ボクから目をそらしてるじゃん！　明日からボクは針のむしろだよ！　クズ原くんは、ボクを退学に追い込みでもしたいの!?」

「んなわけないだろ。俺にはそんなつもりは一切ないぞ」

「じゃあいったいなんでこんな真似《まね》をしたんだよ！　言ってみろコラッ！！！」

今にも摑《つか》みかからんばかりに憤る夏純を手で制する。

「そうする必要があったからだ」

「必要？　必要ってなにさ!?　ボクのどこに、あんな辱めを受けなきゃいけない必要があったんだよっ！」

納得いかない。そう言いたいんだろう。

「分からないのか？」

「え？」

「俺はこの前も言っただろうが。お前にはセンスがないって。そのことにお前は納得していなかったようだったからな。話を聞いてもらうために、ちょいと荒療治させてもらったんだよ」

俺の家で問題点を指摘した時、夏純は真面目に取り合うつもりがなかった。

あの調子では何度言っても同じだと踏んだために、こうして強制的に分からせる場を作った。

ただそれだけのことだ。

「荒療治って……そんなことのために、キミはボクを辱めたっていうのか⁉」

「端的に言えばそうなるかもな」

「ひどいよっ！　信じてたのに、なんでこんなことをするんだよぅっ！　ボクがどれだけ恥ずかしい目にあったか……」

涙目になりながら迫る夏純。

普通なら罪悪感に襲われる場面かもしれない。普通なら、だが。

「恥ずかしいことのなにがいけないんだ？」

「え？」

「夏純はVtuberとして金を稼ぎたいって言ったよな？　それはつまり、多くの人の目に付くことになるということだ」

あくまで冷静に俺は諭した。

ひとりの人間がいくら課金したりスパチャを投げようとも限度がある。

だから世の中には炎上してでも有名になりたいと考え、過激な行動を取るものもいる。

誰にも知られないまま底辺を彷徨《さまよ》うより、アンチがいてもいいから人気が欲しい……その考え自体は分からないでもない。

結局のところ、知名度に勝るものなどないのだから。

ファンをひとりでも増やすために苦心しているという意味では、アイドルもVtuberもそこまで大差はない。

「お前の動画を見た限り、最初の投稿からただでさえ少ない視聴者がさらに減り続けているのは確かだ。起爆剤が必要なのは分かる。だが、そのためには取り戻さなくてはいけないものがある」

「取り戻さなくちゃいけないもの……？　なんだよ、それ!?　ボクはなにもなくしてなんかいないぞ！」

「そんなことはない。かつてのお前が持っていたものが、確かにあるんだよ」

論より証拠。俺はスマホを取り出すと、ある動画を再生した。

それはさっきまで見ていたここ最近の動画とは違い、俺が直接録画していたものだった。

『ウッヒョー！　神！　ボクみたいなクズに、天よりの恵みをありがとうございます！本当にありがとうございますカミサマァッ！！！』

「こ、これは……」

「この頃のお前は、全力で俺に対して媚《こ》びていた。俺が投げたスパチャをそりゃあもう嬉《うれ》しそうに低姿勢で受け取るもんだから、俺だって気分が良くなったもんだ」

他人からへりくだられたら気持ちよくなるのは当たり前のことだ。

自分が良い事をしたという実感が生まれるなら尚《なお》の事《こと》。

「それが、今はどうだ？　自分から面白いと思わせようとして、つまらない動画を投稿している。これを見て視聴者が気持ちよくなれるっていうのか？　そんなはずないだろ」

そうハッキリ口にする。

「媚びろ、夏純。お前に出来るのはそれしかない。恥を捨てろ。かつての輝きを取り戻すんだ。俺に媚びていた頃のお前は、もっと輝いていたぞ」

今の夏純には、金を恵んでやろうという気になれない。

そのことを理解してもらう必要があった。

「で、でも。そんなことをしたら、ボクの尊厳が……」

「尊厳？　それは、金より価値があるものなのか？」

反論に即座に切り返す。

人としての尊厳など、金の前には等しく無意味だ。

「そ、それは。でも尊厳を捨てたら、ボクは人として終わっちゃうよ！」

「いいんだよ、終わったって」

「え……」

「人として終わっても、お前はVtuberとして生きていけるんだ。そこで稼いだ金で、新しい人生を切り開けばいいんだよ」

人生はレールから外れたら終わりと思っている人は多いが、それは間違いだ。

人は金さえあればやり直せる。

誰がなんと言おうと、金を持ってる者が強い。当たり前のことなのだ。

「つまらない常識になんか縛られるな。それはお前の可能性を狭めるだけだ」

「そ、そうなのかな？」

「そうだ、そうに決まってる。俺が言ってるんだから間違いない」

俺の力強い説得を受け、ようやく風向きが変わってきたようだ。

夏純の瞳に迷いが生まれているのが分かる。実にいい兆候だ。

「ねぇ。あれって洗脳なんじゃ……」

「しっ！　言っちゃダメ！　クズ原に目をつけられるわよ！」

なにやら近くで失礼なことを言ってるやつらがいるようだが、失敬な。

俺は一銭も入らないのに、わざわざこんなことをしたんだぞ。

善意からやっていることなんだから、むしろ褒め称《たた》えてもらいたいくらいである。俺、偉い。

「ここまでのことだって、全て夏純のためにやったことだ。謂《い》わばこれは俺なりの、夏純への愛のムチなんだよ」

「あ、あいっ!?」

ん？　反応するのそこ？

俺としては違う部分に反応して欲しかったんだが……。ま、いっか。話進められそうだし。

「そう。愛。愛のムチだ。夏純のために振るったの。ＯＫ？」

「そ、そうなんだ。そうだったんだ。それって、クズ原くんは実はボクのことを、あ、愛してたり……」

なにやら顔を赤くして口ごもる夏純。

いきなり様子がおかしくなってるし、やっぱりなんか勘違いしている気がする。

（とはいえ、ここまで来て話が拗《こじ》れても面倒だしなぁ）

あまり時間をかけても余計ややこしくなりそうだったので、俺はとりあえず頷《うなず》いてみることにした。

「ああ、夏純の思っている通りだ」

「！　や、やっぱり！　そうだったんだね！」

「うん、そうなんだ」

「つまりボクが一生遊んで暮らせるくらい稼いだら、クズ原くん……ううん、クズっちも、嬉しい。そういうことなんだね！」

「全部夏純の考えてる通りだぞ」

「やっぱり！」

なにがやっぱりなんだろう。

よく分からないが、流れに身を任せるようにひたすら肯定し続けてみたのだが、なんかドンドンボルテージが上がっていく様子を見せる夏純《かすみ》。

「なら、ボクはやるよ！　やってやる！　ボクとクズっちの未来のために！」

「おう、頑張れ！　期待してるぞ！」

クズっちってなに？　なんでいきなりそうなるの？

そう聞きたくなる自分をグッと抑え込み、俺は夏純の後押しに徹することにした。

前のめりになっている今の夏純に、余計なツッコミは野暮というもの。

こういう時、余計な茶々をいれて冷静になられても逆に困る。

「紫苑《しおん》、アンタって子は……」

なにやら約一名頭を抱えている女子がいたが、とにもかくにも、やる気になってるのはいいことだ。

「えっと……とりあえず夏純さんに良い事があったみたいだし、とりあえず皆で拍手しておきましょ。これで終わりってことで。ね、いいわよね!?」

いつの間にか空気と化してたユキちゃんが前に出る。

さっさとこの場を丸く収めたい意図が見え透いていたが、そのことを否定する生徒はいなかった。

「えっと、おめでとー」

「まぁ、頑張って？」

「ボクはやるぞ！　生まれ変わるんだ！　お金を稼いで、養ってあげるんだ！　やってやる！」

「うんうん、美しい友情だなぁ」

友人たちに拍手されながら盛り上がる夏純を横目で見ながら、俺は一足先に視聴覚室を後にした。

その行動に深い意味はなく、ただ単に借りていたパソコンを元の場所に戻すためだったのだが――。

「お疲れ様、カズくん」

「…………ほぇ？」

「どうしたの？　気の抜けた声出しちゃって？」

廊下に静かに響く、クスクスと小さな笑い声。壁にもたれかかるように、この場にいないはずの幼馴染《おさななじみ》がそこにいた。

「え。せ、雪菜《せつな》、さん？　なんで？　今日はお仕事だったんじゃ？」

「人助けしたんだね。偉いね、カズくん。素敵だったよ、私、ますますカズくんのこと好きになっちゃった」

俺の言葉を無視するように近づいてくる雪菜。

あの場にはいなかったはずなのに、まるでさっきまでのことを見ていたかのように語る幼馴染に、俺は思わず固まってしまう。

「でも、あまり他の女の子に構ってちゃダメだよ。カズくんは私のカズくんなんだから。今回のことアリサちゃんには黙っててあげるけど、その代わり……」

動けないままでいる俺の顔に、雪菜はゆっくりと手を当てると、そのままつま先立ちをして、

「貸しひとつ、だね……」

そんなことを耳元で囁《ささや》いてくる。

「ひぇっ……」

「あんまり他の子のこと、見ちゃダメだよ？」

そして離れると、満面の笑みで言ってくる幼馴染に、俺は何とも言えない恐怖を抱き、ぎこちない笑顔を向けるのだった。

………俺、本当に監禁されないルートはあるんだろうか。

◇◇◇

ちなみに後日。

「ボクみたいなダメ天使に今日もお金を恵んでくださり、本当にありがとうございます！　下界の皆様のご好意のおかげで今日も生きていけることに感謝感激雨あられ！　もうボクの目には皆さんが神にしか見えません！　これからもよろしくお願いしますね、えっへへへ！」

画面の向こうには土下座をしながら媚びた笑みを浮かべる、ひとりの天使の姿があった。

コメント欄には『ここまで人ってプライド捨てられるものなんだな……』『逆に潔くて好き』『募金して感謝されると思えばまぁいいかな』等、呆《あき》れや同情が交じりながらも好意的な書き込みが多く、再生数自体も確実に向上している。

そのことに深く満足しながら、俺は小さく頷いた。

「うんうん、よくやってるじゃないか。さすが俺だ」

心を入れ替え、夏純はかつての輝きを取り戻すことに成功した。

いや、むしろ輝きが増したというべきだろう。

多くのリスナーに囲まれ、楽しそうに配信する動画も好きだが、こうしてひたすらリスナーを気持ちよくさせることに特化した動画だって確実に需要はあるのだ。

「そ、それじゃあお金を恵んでくれた皆様にだけ特別に、いつもの配信やっちゃおうかな。皆さんのお金で出来ているボクの身体《からだ》、今日も見ていってくれると嬉《うれ》しいなぁ」

『お、待ってました！』

『脱ーげ！　脱ーげ！』

『今日はどこまで挑戦するの？』

「え、えへへへ。そんなに皆待ってたの？　もう、そう急《せ》かすなよぉ。今日はお金たくさん貰《もら》えたし、人も多いからいつもより大胆にいっちゃおうかなふへへへへ」

………まぁ、リスナーに媚《こ》びすぎて、ちょっと方向性が変なことになりつつある気もするが。

「そのうち炎上したりしないといいんだけどな……」

若干の冷や汗をかきながら、俺は夏純が今後も平穏無事に稼ぎ続けられることを祈るのであった。

カスミ
カスミン
もっと見
うお
A

――ねぇ、クズマくん。相談に乗ってもらってもいいかな？


そのメッセージが送られてきたのは、夏純関連のいざこざが一段落着き、ユキちゃんに頼みごとをした日の夜のこと。

いつものように気晴らしのためゲームを起動すると、ハルカゼさんからのメッセージが届いていたのだ。

丁度彼女もログインしていたため、俺たちはそのまま落ち合い、いつものようにチャットアプリを起動した。

「こんばんは、ハルカゼさん」

「こんばんは、クズマくん。急にごめんね？」

「いえ、大丈夫です。相談したいことがあるんですよね？　それって、この前悩んでいたことに関係してるんですか？」

気になったことを聞いてみると、「うん」と小さく頷くハルカゼさん。

「あのね、実は私、リアルだとちょっとしたお仕事をしてたりするの。仲間は癖の強い子も多いけど、結構楽しくやれてるんだ」

「へぇ、それはなによりですが、ハルカゼさんは確か高三でしたよね？　仕事というと、やっぱりアルバイトですか？」

パッと思い付いたのはコンビニやファミレス等の接客業だが、ちょっとハルカゼさんのイメージには似《に》つかわしくない。

綺麗《きれい》な声を活かして声優なんかをやってるほうが合っている気がする。

「ちょっと違うけど……まぁ、似たようなものだと思ってもらえたらいいかな。とにかくそのお仕事先で、よく一緒にいる子たちがいるんだけど……最近、その子たちについて、良くない噂《うわさ》を耳にしたの」

「噂、ですか」

「そう。その子たちが、ある男の子にお金を貢いでる。そんな噂が、最近私の耳に入ってくるようになったんだ」

「貢がせてる!?　高校生の女の子にですか!?」

「それも、ふたり同時に」

「ふたりぃっ!?」

ハルカゼさんの言葉に、俺は驚きを隠せなかった。

俺以外にも女の子に貢がせてるやつがいるとは。

しかもひとりでもあれなのに、ふたりからだと!?

俺は四人の女の子から貢がれてるが、それは俺だから許されることであり、他のやつなら相当にやべーやつでしかない。

そいつの倫理観どうなってんだ?

「クズマくんは、こんな男の子をどう思う?」

「いや、どう思うもなにも、最悪ですよそいつ! やってることはとんでもなく最低なクズ野郎じゃないですか!」

俺のように幼馴染たちがアイドルをやっているわけでもないのに、必死にアルバイトをして稼いだ金を貢がせるなどと……断じて許されるはずがない。

そんなことが許されるのは、運命の神に愛されたこの俺だけだ。

「良かった、やっぱり男の子の目から見ても、そう思うんだね」

「そりゃあまぁ。というかハルカゼさん。そいつ、絶対なんとかしたほうがいいですよ。せめてハルカゼさんから女の子たちに注意したほうがいいんじゃないです?」

「そうしたいのはやまやまなんだけど、あくまで噂で聞いただけだし、私が直接見たわけでもなくて……」

「本人たちに直接確認するのは気が引ける。だけど噂は気になるからどうしたものかと悩んでる。そんな感じですか?」

「うぅ……」

「ビンゴみたいですね」

どうやら予想は当たったらしい。

それはいいんだが、問題はこの後はどうするべきかだ。

噂だというなら証拠もないだろうし、下手に踏み込んだ結果、関係がギクシャクする可能性だってある。

少しの間悩んだ後、俺はゆっくり口を開く。

「そんなに気になるなら、本人に直接聞けばいいんじゃないですか」

「え、でもあの子たちには……」

「いいえ、女の子たちじゃなく、貢がせてるっていう男の方です」

「えぇっ!?　そっち!?」

途端、大声で驚くハルカゼさん。

「ちょ、ちょっと待って!　それはさすがにハードル高いよ!?」

「仕事仲間に聞けないというなら、男に会って貢がせるのをやめるよう説得するしかないですよ。それが一番確実ですし」

無茶は承知の上だが、他に方法がないのもまた事実だ。

「無理無理無理無理!　私、男の子とふたりきりで話したことなんてないもん!」

「え、そうなんです？　それは意外な……」

「握手とか写真撮影なら経験あるけど！」

「いや、なんでそっちはあるんですか」

思わずツッコミを入れてしまう。

話すよりも握手や写真撮影のほうがよっぽどハードル高いと思うんだが。

ハルカゼさんって、実は案外天然なのか？

「てか、今こうして俺と話してるじゃないですか。俺だって一応男ですよ」

「クズマくんはいいの！　キミは私にとって弟みたいな存在なんだから！　別枠！」

「あ、そ、そうなんですか」

「そうなの！」

ハッキリ言い切られると返す言葉もないが、俺は男扱いされてないってことなのか……？

聞きたいことは色々あったが、それを聞いていたら話が明後日《あさって》の方向に行きそうな予感が凄《すご》くする。

「まぁそれならそれでいいんですが……とにかく、このまま何もしないでいると、ずっと悩み続けることになりますよ。ハルカゼさんはそれでいいんですか？」

とりあえず話を進めるべく、ハルカゼさんに問いかける。

「それは……良くないけど」

「なら、少しだけ勇気を出してみましょうよ。俺も出来る限り相談に乗りますから」

辛抱強く説得を続けると、やがてハルカゼさんは折れてくれた。

「うぅ、分かったよ……でも、相談には絶対乗ってもらうからね」

「分かってますって」

もっとも、今後も俺が彼女の相談に乗るという条件付きではあるが。

とはいえ、それくらいならお安い御用だ。

元々そのつもりだったし、アドバイスなら懐が痛むわけでもない。

善行を積むことによって俺の人間ランクが上昇するのだから、総合的にはむしろプラスと言えるだろう。

何事もポジティブに考えられるのが、俺のいいところなのだ。

「はぁ。ステージの上なら、いくらでも勇気を出せるのにぃ……」

「ハルカゼさん、さっきからステージとか写真撮影とか、なんかアイドルみたいなこと言ってますね」

憂鬱そうにため息をつくハルカゼさんを元気付けてあげようと、少し話題を変えてみることにしたのだが……。

「うぇっ!?」

「あれ、なんですかその反応。ちょっとオーバーですよ……あ、ハルカゼさんって実はネットゲーマーは仮の姿で、リアルでは本当にアイドルだったりして……」

「そ、そそそそんなことないよ！　私なんて、ただの引きこもり気味のゲームオタクだから！　ああいうキラキラした世界には縁なんてない人間なの！」

「え、あの、別に本気で言ってるわけじゃないんで、そこまで真に受けなくても……」

「私がこんなふうだからあんな愛称付けられちゃうんだー！　掲示板でも『悪くはないんだけど他の三人に食われ気味』とか『自己主張が薄いよね、ただしおっぱいは除く』みたいな微妙な扱われ方だし！　私一応リーダーなのに！　唯一のお姉さんキャラなのにぃっ！」

「あのー、ハルカゼさん？　俺の話聞いてます？」

「いや、うん。私だってちゃんと分かってるよ？　リーダーなのに皆をまとめきれてないし、一番後輩の子には微妙に舐《な》められてる気もするし。でも、肝心なことは聞けないヘタレだから仕方ないよね。最後の締めだけやって仕事してる感は出してるけど、盛り上げるようなことはできてない、後輩任せのダメ人間……それが私。フ、フフフ……」

なんだろう。暗いオーラを感じる。ストレスが溜《た》まっているのかな？

「あ、あのー。本当に大丈夫ですか……？」

「大丈夫だよ。自分のダメさを再確認してるだけだから……あ、ごめん。ちょっと泣きそうかも。少し話に付き合ってもらっていい？」

……こう言われて、断れるやつがいるんだろうか、別の意味で。

この後、延々とネガティブな愚痴を呟《つぶや》き続けるハルカゼさんに付き合い続け、仕事に対する嫌悪感が倍増した俺は、より一層働かない決意を固めるのだった。

私のカレは♪ドクズ野郎？

作詞、作曲、編曲／四季折雅

うれC×5　やっとカレと付き合えた♡
うれC×5　カレと私はカップルだ♡

恋愛付き合いお金をPOー♪
お金が欲しいかそらやるぞ（**どうぞー!**）
キャッシュはオッケー　小切手オッケー
出世払いもオッケーオッケー
浮気以外は許してあげちゃう♡　お願いだって聞いちゃおう☆
偽物（イミテーション）なんかじゃないLover!

夢中に集中五里霧中　チュウしたいのに我慢中
初めてはキミから求めて欲しいの察してちゃんで悪いです?
乙女心を分かって欲しいけどキミは全然気付かない!
どうして?　なんで?　え?
言葉にしないと分からない?
そんな正論×（ペケペケ）です!（**えー!**）

クズ野郎!　鈍感NE☆　最低DEATH!
信じられないほど最悪ね!　でも……好き♡（**キャー!**）
DA・KA・RA　IPPAI　IPPAI
許しちゃおう☆（**悪いかー!**）
私をもっとちゃんと　見ててね♡
これが惚れた弱みというなら　私きっと　恋のDO・RE・I♪

「ふふっ　大好きだよ❤　こんなに好きなのに
どうして……振り向いてくれないの」

おかC×5　これって絶対おかしいな?
おかC×5　カレが私を見てくれない!

告白ラブラブまっしぐら♪
羨ましいかとなるはずが（**なんでー?**）
キッスはオッケー　抱きしめオッケー
準備はいつでもオッケーオッケー
貴方以外はもういらない　カレはお金以外見えない
贋作（フェイク）なんかいらないRoger!

喪中に海中無理心中　死にたくないけど思案中
お金はたくさんあげたよだってカレが喜ぶもん!
貢いだっていいじゃない惚れた弱みでなにが悪い!
どうして?　なんで?　え?
見返りなんて求めるな?　そんな正論×（バッテン）です!（**えー!**）

クズ野郎!　うるさいNA☆　ひどいんDEATH!
許せないほど最悪ね!　でも……愛してるの♡（**キャー!**）
DA・KA・RA　ZETTAI　ZETTAI
手に入れる☆（**いいよねー!**）
私をずっと一生　見させるね♡
私だけのカレだから　キミはずっと　恋のDO・RE・I♪

「あれ?　もしかして逃げるつもり?
そんなのダメ　絶対……逃がさないから」

クズ野郎!　鈍感NE☆　最低DEATH!
目を離せないほど最悪ね!　でも……大好き♡（**キャー!**）
DA・KA・RA　ZUTTO　ZUTTO　一緒だよ☆（**当たり前ー!**）
これからもずっとずっと離れない♡
この先もふたりは　恋の魔法に　恋わずらい♪

あとがき

お久しぶりです。くろねこどらごんです。

『おさドル』2巻をお手に取ってくださり、誠にありがとうございます。

初の書籍化で舞い上がっておりましたが、続刊の大変さを痛感しました今日この頃です。

さてさて真面目な話はさておき、やっぱりクズな主人公を書くのは楽しいですね。

ラブコメは元々好きなのですが、主人公にはちょっと欠点があるほうが自分は好みだったりします。あと一本芯が通っているタイプが好きだったり。キャラがなるべくブレないお話書きたいなぁ……人生日々勉強ですね、精進して参ります。

ではキリが良いのでそろそろ謝辞を。

今回も挿絵を担当して頂いたものと様。素晴らしいイラストとバニーを本当にありがとうございます。家宝にさせて頂きますね。子孫が困惑しないことを祈ります。

担当様にはご迷惑ばかりおかけして申し訳ない気持ちで一杯です。早く書けるよう頑張ります。オーバーラップ編集部の方々や、この本を出すのに尽力してくださった方たちにも、改めて感謝を。

読者の皆様にも、3巻でまたお会いできることを祈っております。

くろねこどらごん

OVERLAP

幼馴染たちが人気アイドルになった 2
～甘々な彼女たちは俺に貢いでくれている～

発　行　2024年1月25日　初版第一刷発行

著　者　くろねこどらごん
発行者　永田勝治
発行所　株式会社オーバーラップ
〒141-0031　東京都品川区西五反田 8-1-5
校正・DTP　株式会社鷗来堂
印刷・製本　大日本印刷株式会社

Printed in Japan　ISBN 978-4-8240-0709-4 C0193